仮面伯爵は黒水晶の花嫁に恋をする2

小桜けい

Kei Kozakura Presents

fairy kiss

この作品はフィクションです。
実際の人物・団体・事件などに一切関係ありません。

仮面伯爵は黒水晶の花嫁に恋をする2

fairy kiss

プロローグ

賑《にぎ》やかな王都も、深夜になれば静寂が訪れる。

こんな時間に開いているのは酒場や娼館《しょうかん》くらいだ。

目抜き通りに並ぶ背の高い建物も、店の戸は下り、居住階の灯りも消えた。

今夜は月も雲で隠れ、街灯が細い光を放つ街並みは、ひっそりと静まり返っていたが……。

突如として、その静寂が破られた。

何人もの怒号と石畳を音高く駆ける馬の蹄《ひづめ》の音が響き渡り、驚いた人々が起き出して、何事かと窓から顔を突き出す。

通りにいたのは、大きな馬に乗って逃げる人影と、それを追う数名の人馬だった。

そのまま彼らは一目散に通りを駆け抜けていったが、その途中で偶然に雲が途切れ、大きな満月が追われている者の姿を照らした。

駆け去る寸前にそれを見た野次馬から、驚愕《きょうがく》と恐怖の混ざる悲鳴が上がったのも無理はない。

——馬に乗っていた古風な甲冑《かっちゅう》の騎士には、首から上がなかったのだ。

1　幽霊話とうんざりなお茶会

【王都に首無し騎士《デュラハン》が出現！　連続誘拐犯は亡霊だった！】

自室で新聞を読んでいたクリスタは、突拍子もない見出しに目を丸くした。

大昔に戦死した騎士が、首級として敵に持ち去られた自分の頭部を求めて夜な夜な彷徨《さまよ》う怪談は、古くからある有名なものだ。

日が長くなる夏に、遅くまで外で遊んでしまいがちな子ども達が『暗くなる前に帰らないと、首無し騎士に連れていかれるよ』と脅されるのは、夏の風物詩と言っても過言ではない。

だが、それはあくまでも、子どもに帰宅を促すための大人の口上だ。

気分を入れ替えて、クリスタは記事の内容を読み始める。

見出しの詳細記事によると、つい先日の深夜、王都で首無し騎士の目撃情報が多数発生したらしい。

首無し騎士は複数人に追われていたようだが、あっという間に馬を駆り、夜闇に消えていったという。

さらに首無し騎士の大きな馬には、二人の子どもが一緒に乗せられていたという証言もあったそうで、幼い子どもが亡霊に攫《さら》われる恐ろしげな挿絵まで載っていた。

「……」

クリスタは無言でそそくさと新聞を折りたたみ、テーブルから次の新聞を取った。

王都で発行されている数種類の新聞には様々なことが載っており、日頃から可能な限り目を通すようにしている。

次に開いたのはお堅い経済新聞で、首無し騎士の記事は一行も載っていない。便利な運搬用の魔道具が開発されたことや、それにより隣国ウェネツィアを始め各国との貿易が活性化するだろうと、経済関連の話題が全面に記載されたものだ。

興味がなければ目を通すだけで苦痛なくらい退屈だろう新聞だが、事業関係者なら欠かせない。

クリスタは経済新聞をじっくり読み、残りの新聞にも素早く目を通した。

速読は得意なので、さほどかからず全ての新聞を読み終わる。

何種類もの新聞の中で『首無し騎士事件』が記されたものは幾つかあったが、クリスタは一番初めに読んだものを、再度手に取った。

この新聞は、主に世間を騒がせる事件やゴシップを扱うものだ。記事の信憑《しんぴょう》性よりも話題になるかどうかを重視しており、首無し騎士についても一番熱く語っていた。

「……ねぇ、ルチルはこの記事の話を聞いている？」

傍らに控えていた部屋付きメイドのルチルに、首無し騎士の記事を見せた。

いつも明るく元気な彼女は、怪談も仲間とワイワイ楽しめるタイプだ。いかにも恐ろしげな挿絵に怯《ひる》む様子もなく、ワクワクと瞳を輝かせて頷《うなず》いた。

「はい。台所メイドの子が早朝の市場で噂《うわさ》を聞いたと、教えてくれました。もう街は、この話題で持ち切りですよ」

「思った通りね」

やはり人の口から運ばれる噂話の方が、馬車で運ばれる新聞よりも一足早く、この地に住む人々のもとへ到達していたようだ。

一年前にクリスタが嫁いできたベルヴェルク辺境伯家の領土は、希少な発光鉱石を含む鉱山資源の豊かな地だ。

夫である当主のジェラルドは領民の幸せを第一に考える優しい人だから、安心して妻子を家に残して鉱山まで出稼ぎに行けると、まとまった金額を稼ぐために鉱山夫になる人は多い。

よって、街の市場などは必然的に女性が中心で切り盛りをし、その女将さんネットワークの情報網ときたら凄《すさ》まじい。

市場に集まる商人や旅人と、女将さん達は軽快にお喋《しゃべ》りをし、商品と一緒に各地のありとあらゆる噂話も仕入れるのだ。

きっと市場に行けば、首無し騎士について、新聞記事より数倍の量の噂話が聞けるだろう。

しかし、正直に言うとクリスタは、幽霊や怪奇現象といった類の怪談話が大の苦手だ。

以前に実家で大量の金属類が信じられない動きをする場面を目の当たりにしたが、あれは夫のジェラルドが生まれ持った特殊な能力を使ったものだ。

しかも金属達はクリスタを守るために戦ってくれたのだから、怖いとは微塵《みじん》も思わない。

とはいえ、怪談が好きになったわけではなく、首無し騎士の幽霊が犯人ではないかと記された誘拐事件の方こそ気がかりなのだ。

(早く解決して欲しいとは思うけれど、さすがに幽霊が犯人だなんて……)

近頃、国内では幼い子どもの誘拐事件が多発している。

狙われるのは貧しい平民の子や、身寄りのない孤児院の子ばかりらしく、未《いま》だに犯人や子ども達の行方は判《わか》っていない。

ここ——アルセイユ国は、近隣諸国でもかなり裕福な部類に入る。さらに今の国王ロベールと王妃カタリナが慈善活動に熱心なため、社会的弱者への援助も手厚い。

それでも様々な理由で貧困に陥る者はどうしても存在し、命より金を取る価値観の人もいる。

誘拐事件の騒ぎでは、我が子がいなくなって嘆き悲しむ親がいる一方で、余計な食い扶持《ぶち》が減ったと喜ぶ親もいるそうだ。

届け出が出されている数よりも、実際の行方不明になった子どもはもっと多いだろう。

攫われた子ども達の心情を想ってつい眉を下げてしまうと、どうやら気分を害したとルチルに思われたらしい。

「申し訳ございません。巷《ちまた》の誘拐事件には奥様も心を痛めておられましたのに、浮かれて話すなど不謹慎でした」

「怒ってなどいないわ。ルチルが人の気持ちを考える優しい子だとは、よく知っているもの」

恐縮した様子のルチルを、クリスタは慌てて宥《なだ》める。

「そんな……勿体《もったい》ないお言葉です」

「それに、幽霊騒ぎを子ども達が怖がって、今以上に用心して過ごすことになれば、結果的に誘拐されにくくなるでしょうね。そう考えれば、皆の話題に上がるのも悪くないと思うわ」

「なるほど！」

ルチルが軽く手を打ち合わせたと同時に、時計の音が午後一時を告げた。

「あっ、もう一時ですね」

彼女は音と同時に壁にある時計を振り向いたので、急な時計の音に驚いたクリスタが椅子から数センチも跳ね上がったのには、幸い気づかれずに済んだ。

幽霊騒ぎについて、先ほどから努めて冷静に分析と会話をしているが、本当に、本ッ当に！　怪談は苦手なのだ。

「奥様？　お顔の色が優れないようですが、ご気分でも……」

心配してくれるルチルに、精一杯自然な笑みを作った。

「いっ、いえ。大丈夫よ。今日のお茶会のことを考えたら、少し緊張してしまっただけ」

現在、ジェラルドは執事のダンテを連れて鉱山の視察に赴いているため、城内の最高責任者はクリスタだ。

城で働く人々は皆親切で、とても忠実に仕えてくれている。

そんな彼らをまとめるべき立場にある自分が、幽霊が怖いなどと弱音を吐くわけにはいかない。

表情を引き締め、クリスタは椅子から立ち上がる。

本日はこれから、数名の貴婦人を招いてお茶会をする予定だ。

いずれもクリスタより随分と年上で、名の知れた家柄の奥方ばかり。少しの粗相もあってはならないと、朝から気合を入れて準備をした。

すでにもてなしの最終確認も済み、自室で少し休憩を取っていたのである。

（……大丈夫。私は一人じゃない。城の皆と協力すれば、きっと上手くいくわ）

ルチルに付き添われて、お客様を出迎えるべく玄関に向かいながら、己に言い聞かせる。

最近では、社交もまずまずこなせるようになってきたとはいえ、まだ自信満々とは言い難い。

それでもいつだったかジェラルドが言ってくれたように、この城の皆はクリスタに好意を向けてくれており、求めれば一生懸命助けてくれる。

だからこそ、そんな皆に恥じぬよう、自分も立派な女主人とならなければ。

強くあれと、クリスタは縮こまりそうな背筋をしゃんと伸ばし、己を奮い立たせる。

何しろこれから、噂にすぎない幽霊よりももっと厄介な相手を前に、ニコニコとお茶をしなければいけないのだ。


ベルヴェルク城の広い庭は、ここに長く仕えている熟練の庭師とその助手によって、楽園と見間違えるほどに美しく手入れされている。

特に、白い大理石の東屋を中心とした一帯は、香りも見目も良い季節の花が完璧に計算された配置で咲き誇り、害虫除《よ》け効果のあるハーブも彩りよく植えられている。

よって、東屋に設置されたベンチと丸テーブルで茶を楽しんでいる最中、不快な虫に悩まされる心配もなかった。

初夏の晴れ渡った青空の下、その美しい東屋に、クリスタは五人の貴婦人を招き入れていた。

「とても美しい庭園ですこと。ただ、ジェラルド様がお留守なのは本当に残念ですわ。本日はお会いできるのを楽しみにしておりましたのよ」

美味しそうな菓子が満載の丸テーブルに全員が着席したところで、まず口を開いたのは、レキサンドラ伯爵夫人だった。

クリスタの真正面に座る彼女は、すでに四十代の後半で社交界でも古株の貴婦人だ。

レキサンドラ伯爵は、古くから続く由緒正しい家柄のうえ、貿易事業で多大な財を成している。それ故、妻の彼女も最新流行のドレスと多数の宝飾品を身にまとい、豪奢《ごうしゃ》な装いをしていた。

「申し訳ございません、レキサンドラ夫人。主人も本日のお茶会に来て下さった皆様に挨拶をしたいと願っておりましたが、生憎《あいにく》どうしても外せない視察が入ってしまい、とても残念がっておりましたの」

遠回しに『自分を招く茶会を、なぜジェラルドが不在の時にするのだ』と言いたげな夫人に、クリスタは丁重に答える。

そもそも、夫婦同伴で招待の催しならともかく、女性だけを招いたお茶会に夫が首を突っ込むのは野暮だ。

それでも、レキサンドラ夫人とここにいる彼女の取り巻きのご婦人方が、かなり強引にクリスタのお茶会に参加したがったのは、明らかにジェラルド目当てだった。

かつて『仮面伯爵』と呼ばれ、ただでさえ好奇の目を集めていたジェラルドが、実は世にも稀《まれ》なる存在——額に至高の美しさを持つ宝石が角のように生えた『宝石人《エーデルシュタイター》』だと世間に知られてから、その注目はいっそう強くなった。

今まで、醜い顔を仮面で隠しているのだろうと勝手な憶測で嘲っていた貴婦人達は、夜会でジェラルドを見るやいなや、脇目もふらずに群がってくる。

ジェラルドが宝石人という稀有《けう》な存在だったのもあるだろうが、やはり一番の原因は彼の素顔が非常に整っていたことだろう。

社交場に行けば、今まで変人扱いをしていたことなど忘れたかのように、多くの貴族女性がすり寄ってくる。

さらに図々《ずうずう》しい人達は、今日のように何かと理由をつけて、クリスタに自分達を城へ招待させようと画策してくるのだ。

中でも特に押しの強いレキサンドラ夫人が、クリスタは正直に言って苦手だ。ジェラルドの方も、レキサンドラ伯爵夫妻の人柄を好ましく思ってはいないが、単純な好き嫌いで人間関係を切ることができない。

ベルヴェルク領から主に産出される発光鉱石は、国内だけでなく近隣諸国にも輸出されており、レキサンドラ伯爵の持つ貿易関係の力は侮れない。

安全な交易ルートの確保や、信頼の置ける商船との取引などには、かの伯爵家の息が殆《ほとん》どかかっているのだ。

そういうわけで、クリスタとしてもレキサンドラ夫人を無下に扱うことはできず、以前からのらりくらりと逃げていた『茶会を開いて自分と取り巻きを招待しろ』という要求を、こうしてついに叶《かな》える羽目になったのである。

……もっとも、クリスタの独断で、あえて日程をジェラルドの視察中に決めたのだが。

ジェラルドは厄介な夫人方を相手にするのを心配してくれたが、彼が好奇の目で絡まれるのは嫌だ。

それに、以前は貴族令嬢でありながら社交と無縁の生活を送っていたクリスタだが、ジェラルドと結婚して以来、それなりに公の場に出て経験を積んだ。

「代わりと言っては何ですが、主人より皆様へご挨拶の品としてこちらを預かっております。宜《よろ》しければお持ち下さい」

クリスタが微笑《ほほえ》んで合図をすると、後ろに控えていたルチルが貴婦人達に瀟洒《しょうしゃ》な小箱を配った。

小箱の中には花の形をした銀製のブローチが入っていたが、ただの銀製品ではない。幾つかある花の中心に、小さな発光鉱石の欠片《かけら》がはめ込まれているのだ。

通常はランプなどに使われる発光鉱石だが、規格外の欠片に特殊な細工を施し、暗いところに置くだけで淡い光を発するようにしてある。夜会の暗い庭園で映えると、近頃大流行のアクセサリーだ。

今や王都でも品薄になっているほどだが、元々はベルヴェルク領の鉱山で採れた鉱石の廃棄分を工夫して作ったものだ。発案した工房も領内にあるので、優先的に入手できる。

貴婦人達はいっせいに歓喜し、レキサンドラ夫人も気を良くしたらしい。

「まぁ、素敵な贈り物！　ジェラルド様は女性の心をよく理解なさっているのね。素晴らしい旦那様をお持ちになって、ベルヴェルク夫人は幸せなお方だわ」

満足げなレキサンドラ夫人と、追従して頷く取り巻きのご婦人方に、クリスタはホッとする。

そしてお茶会が始まったが、客人からの無遠慮な詮索や無神経な言葉に辟易《へきえき》するまで、そう時間はかからなかった。

社交界で会う女性にも感じの良い人は多く、楽しいお茶会だって普通に存在する。

ただし、本日の顔ぶれからして、最初から不快な話……特にお節介の猛攻撃は覚悟していた。

「……ところで、ベルヴェルク夫人はご結婚なされてからもう半年も経《た》ちますわね。そろそろお世継ぎの話などが周りから出ているのではありませんの？」

そう言って優雅に紅茶を啜《すす》るレキサンドラ夫人に、本当に余計なお世話だと内心思いつつ、クリスタは曖昧に微笑んで答えた。

「孫の顔を見せたくとも、私も夫も両親はすでに他界しておりますし……こればかりは、天からの授かりものですから」

貴族にとって、跡継ぎ問題は重要だ。

そして婚礼式から半年が経つのに、未だ懐妊の兆しがないクリスタには最近「子どもは？」と、周囲からのお節介な声かけが多い。

「まぁ！　近頃の女性は随分気楽だと聞くけれど、本当に羨ましいわ。ご両親が逝去なさっているのを良いことに、跡継ぎについてものんびり構えるなど、私が若い頃にはとても……」

レキサンドラ夫人が大仰に首を振り、隣に座っている同年代の夫人へ、ねぇと同意を促した。

「ええ。少し前なら、婚姻から半年も経ってまだ懐妊していなければ、世間様に顔向けできないものでしたわ」

「良家に嫁いでも早々に嫁の務めを果たせなければ、行く先々で肩身が狭い思いをしましたものね。近頃の方は、世間の目など気になさらないのかもしれませんけれど……」

口々に頷き合うご婦人方は、いずれも嫁ぎ先で嫡子を産み育てた経歴の持ち主である。そうでなければ、レキサンドラ夫人が取り巻きに加えるなど決してないのだから。

しかし、子どもを産み育てるのは立派だと思うが、その価値観を他人へ押しつけたり、不愉快な言動を投げつけたりするのが許されるかは別の話だ。

少なくとも、クリスタは非常に不快な気分になった。

ジェラルドとの間に子どもが欲しくないわけではないのに、まるでクリスタが自由気ままに出産の是非を決めているように言われるなんて心外だ。

「とにかくベルヴェルク夫人も名家の当主に嫁いだ以上、一日も早い懐妊が理想的ですわよ。私など嫁いですぐに懐妊して元気な跡継ぎを産みましたから、夫も義両親もお喜びでしたわ。嫁の鑑《かがみ》と褒められ、夫の親族とも良い関係を築けましたもの」

鼻高々に言うレキサンドラ夫人に、取り巻きの婦人達もいっそう調子づいてきた。

「やはり嫡子を早く授からなくては、夫婦の良好な関係にもひびが入りかねませんわよね」

「そうそう。視察だのなんだのと外に出て、いつのまにか他の女性に嫡子を産ませていたなんて話も……」

ついに我慢し切れなくなり、クリスタは軽く咳《せき》払いをした。

「皆様のご意見、とても参考になりますわ。ジェラルド様に嫁げて本当に恵まれているのだと、改めて思い知りました。まだまだ未熟な私に愛想を尽かすことなく、誠実に寄り添ってくれるお方ですもの。私はジェラルド様を、心から信じております」

ジェラルドは浮気をするような人ではないと暗に言い、クリスタはレキサンドラ夫人の胸元へ視線をやる。

「ところで、レキサンドラ夫人はいつも素晴らしいアクセサリーを身につけておいでですね。その真珠の首飾りも見惚《みと》れてしまう美しさですわ」

やや強引にでも話題を変えようと、クリスタはレキサンドラ夫人のつけている真珠の首飾りを褒めた。

実際、薄桃色がかった大粒の真珠と小粒のダイヤを組み合わせた首飾りは、滅多に見ないほど見事な品だった。

「まぁ、お目が高い。これは先月、主人が隣国のコーラル商会から買いつけてきた品ですよ」

話題を首飾りに振られた途端、夫人はもう跡継ぎ話で上から目線のご高説など、どうでも良くなったらしい。手入れの行き届いた指先で首飾りに触れ、得意げに鼻の穴を膨らませた。

「皆様もご存じの通り、主人はコーラル商会とは以前より交易で親しくしておりますから。あちらのオーナーのご厚意で市場へ出す前からめぼしい品を見せて頂けますのよ。何でも、これだけ上等な真珠は滅多に出ないとか」

「とてもよくお似合いです。美しい奥様に、ご主人も鼻が高いのではないでしょうか」

クリスタがもう一押しすると、レキサンドラ夫人はますます満足そうな様子になった。

それを察した取り巻きの婦人達も、口々に夫人を褒めたたえ始める。

「レキサンドラ夫人の気品があってこそ、一級品の宝石も輝きを発揮できるというものですわ」

「ご夫婦仲睦《むつ》まじく、羨ましい限りですわ」

こうなれば、ひとまずは安心だ。

レキサンドラ夫人は他者のあら探しが大好きだけれど、自身がチヤホヤされるのはもっと好きだと、事前に調べはつけてある。

話の流れは完全に、レキサンドラ夫人が最近手に入れた隣国からの輸入品になっていった。

隣国のウェネツィアは、宝石の国とも呼ばれている。

幾つも河川があり海にも面した国で、上質な真珠や珊瑚《さんご》、瑪瑙《めのう》やオパールにガーネットと、様々な美しい宝石が産出されるからだ。

しかし、発光鉱石のような魔石や鉄鉱石は産出できず、また水産物は豊かでも農作物を育てるのには向かない国土なので、古くから二国間の貿易で不足分を補っていた。

コーラル商会は、その隣国で十数年前から急激に頭角を現してきた貿易商だ。

主《あるじ》のコーラルは貧しい平民の身から、一代で巨大な富を築いた男性だと聞く。また、自身が若い頃に貧困で苦労をしたからと、社会福祉に熱心な慈善家とも名高い。

貿易事業で成功を収めているレキサンドラ伯爵は、以前からコーラル商会と懇意にしているので、何かと融通もきくというわけだ。

夫人に取り巻きが多いのも、仲良くしていれば最新の貿易品を優先的に購入できるからだなど、社交界に出てから小耳に挟んだ。

それからご婦人方の話題は今朝の新聞にも出ていた首無し騎士の騒ぎや、貴族の離婚騒ぎなどの噂話に次々と移っていく。

幸いにもその後、クリスタへのお節介が話題に出ることはなく、夕暮れ前にお茶会は無事に終わった。


客人達を全て見送り、ぐったりと気疲れしたクリスタは部屋に戻った。

今日は夕食も軽くしてもらい、できるだけ早く休もう。そう思ったが……。

「――ジェラルド様が今日お戻りに⁉」

「はい。帰りの道中が順調だったそうで……といっても、城に着くのは今夜遅い時間になるそうですが」

早馬で先行して戻った護衛から聞いたと、ルチルが嬉《うれ》しそうに教えてくれた。

思わぬ吉報に、全身から疲れが一気に吹き飛ぶ。ジェラルドの帰城予定は、確か明後日だったはずだ。

今回ジェラルドが赴いた視察は、遠方の鉱山を数ヶ所回る大規模なものだ。そのため、一ヶ月も城を留守にしていた。

もっとも、旅の日程はきちんと知らされており、定期的に彼からは心の籠った手紙が届いたし、クリスタも返事を書いた。

領主のジェラルドが自ら視察に行くことで、現地で働く人々の士気も上がり、より正確な情報も得られる。何しろ彼は、触れた土地から鉱脈の場所を探知できるのだから。鉱山事業主にとって最高の能力を使わない手はない。

それでもやはり、直《じか》に彼の姿を見て声を聴きたいと思ってしまう。触れ合えないのが寂しい。離れるのが寂しいなんてわがままな気持ちを表に出さないように気をつけているが、早まった帰城に心が浮き立つ。

世間には『亭主は元気で留守が一番』という格言もあるそうだが、これは自分には当てはまらないとクリスタは思う。

ジェラルドに元気でいて欲しいのは当然だけれど、彼が留守にしていると何とも言えない寂しさに苛《さいな》まれる。

しかし、そわそわしながら夕食や湯浴《ゆあ》みを済ませるが、まだジェラルドは戻らない。

早馬で知らせに来た者は『今日帰城できるといっても遅い時間になるから、クリスタは先に休むように』というジェラルドからの伝言も持ってきていた。

きっとそう言わなければ、クリスタが遠慮をして夜中まででも待つと思ったからだろう。

彼のそういう心遣いは嬉しかったし、ルチルにも今日の茶会で疲れただろうと心配されたから湯浴みなどは早く済ませたものの、どうしても床に入る気にはなれなかった。

（もう少しだけ……）

窓辺で初夏の気持ちいい夜風に当たりながら、クリスタは一冊の古い絵本を開く。

宝石人の少年を主人公にした絵本――ジェラルドの亡き両親が、重い運命を背負って生まれた息子のために描いたものだ。

人々の欲望に晒《さら》される宝石人の苦難を描いたものでもあるこの絵本は、今では新たに印刷されて、国内だけでなく近隣諸国にまで広まっている。

本の収益で、生まれ持った体質や病気などに苦しむ人をかなり支援できているし、これを読んで勇気づけられたという手紙が届くこともある。

クリスタ自身もこの絵本には初めて読んだ時から心にくるものがあったが、今はいっそう好きだ。

ここへ嫁ぐ時に偶然にもらった絵本が、ジェラルドの亡き両親が描いたものだということに運命的なものを感じたのもあるが、愛する夫の悲しい過去を知った今はこうも思う。

ジェラルドの両親は、宝石人に襲いかかるだろう人々の欲望を絵本にして広めることで、微細ながらも啓蒙《けいもう》しようとしたのでは……と。

絵本で宝石人を狙う登場人物を、性根の腐ったひどく解《わか》りやすい悪役として記すことで、そういう行動に嫌悪や羞恥心を抱かせ、息子の正体を知っても手出しすることを躊躇《ためら》わせようとしたのだろうか。

今となってはご両親の真意を知ることもできないが、とにかくこの絵本は傑作だと信じている。

一ページ、一ページと丁寧に捲《めく》り、もうすっかり覚えてしまっているのに何度も見たくなる絵本を眺めていると、不意に馬のいななきと馬車の音が微《かす》かに聞こえた。

クリスタは弾《はじ》かれたように顔を上げ、窓の外を見る。

暗い夜道を、ランタンを持った一行が城門に向かってくるのが見えた。

(ジェラルド様!)

起きていて良かったと歓喜で胸がいっぱいになり、クリスタは急いで絵本を片付けガウンを羽織ると、一目散に玄関ホールへ駆け出した。


「――無理をして欲しくないのは本当だが……正直に言うと、クリスタが待っていてくれて嬉しかった。一秒でも早く会いたかったんだ」

ジェラルドが気まずそうに言った。

細身の長身にさっぱりした寝衣を身につけた夫を、クリスタは惚《ほ》れ惚《ぼ》れと見つめた。

額に輝く宝石が、ランプの光を受けてゆらゆらと色を変える。この宝石を何と呼ぶのか、クリスタはまだ知らない。

ずっと昔から『宝石人の石』とだけ呼ばれるこの宝石は、至高の美しさを誇る石として有名だ。

しかしそれだけでなく、すっきりと整えられた髪も、優しい紫の瞳も、秀麗な顔も、彼は全て美しいと思う。

そんな美しい最愛の夫に、クリスタは微笑んだ。

「だって、今日お帰りになると知ったら、とても眠れませんわ。私も会いたくて堪《たま》らなかったのですから」

今、二人は夫婦の寝室で寛《くつろ》いでいる。

帰城したジェラルドは、玄関ホールに駆けつけてきたクリスタを見ると一瞬驚いたような顔をしたが、すぐに満面の笑みで抱きしめてくれた。

クリスタも周囲にまだ使用人達がいることも忘れて、思わず熱烈に抱き返してしまい、我に返って赤面した。

それからジェラルドは魔道具を使って旅の埃《ほこり》を落とし、すぐにクリスタと寝室に来たのである。

魔力を含む鉱石で湯浴みの代わりに身を清められる魔道具は、ごく最近発明された画期的な商品だ。

高価なものだが領内の鉱山でも原石が採れるので、視察の道中に使ってみたところ非常に便利だったが、今夜は一番この魔道具に感謝したとジェラルドは言っていた。

身体を綺麗《きれい》にして愛する相手に会いたいものの、のんびり湯浴みをする時間も惜しいというわけだ。

「ところで、確か今日はなかなか厄介な茶会があったのだろう？　クリスタは頑張りすぎてしまうから心配なんだが、何か困ったことや不快な出来事があればすぐに言ってくれ」

不意に真剣な顔で言われ、クリスタは一瞬息を詰めた。

「ええと……」

レキサンドラ伯爵はジェラルドの取引相手でもあるので、留守中に夫人を招いて茶会をすることは一応知らせておいた。

反射的に、まだ懐妊していないのかと当てこすられた時のことが頭に浮かぶ。

あの時、珍しいくらい苛《いら》ついてしまったのは、本当に傷ついたからだ。

ジェラルドとの間に子が欲しいのに、未だに懐妊していない事実について、自分で思っていたよりもどかしく苛々していたらしい。

(でも、これればかりは……)

子どもは授かりものだ。

夫婦の間が冷え切っていてろくに顔も合わさないとか、寝所も全く別だというのならばともかく、ジェラルドとは我ながらかなり良い夫婦関係を築けていると思う。

今夜だって、ジェラルドは早くクリスタに会いたいと言い、頑張って日程を繰り上げて帰城を急いでくれたくらいだ。

その彼に、まだ子を授からないのが悩みだと言ったところで、何になる？　無駄に困らせてしまうだけだ。

おまけに跡継ぎとか堅苦しいことを抜きにしても、ジェラルドとの間に子どもがいたら幸せだろうと、安易に口に出すのを躊躇うのは理由があった。

ここに嫁いだ時、誤解があったためとはいえ、最初は跡継ぎ目的の結婚でひどい態度を取ったことを、彼は未だに気に病んでいるからだ。

当時のジェラルドは自身が宝石人だと隠したい一心から、普通の愛ある夫婦関係を築くのは諦めていたそうだ。

だから初めてクリスタと対面した時も、あくまでも跡継ぎ作りの相手としか見ないと宣言されたし、こちらもそれを了承済みで嫁いだのだと思われていた。

もちろん、彼との初夜は愉快な経験とは言い難かったけれど、よくよく事情を聞けば、クリスタを誤解したまま娶《めと》ったのはジェラルドも騙《だま》されていたからだった。

だから、初対面で彼が冷たかったのは無理もないことだったと思うし、誤解が解けてから十分すぎるほどに謝罪もしてもらった。

しかし、クリスタが幾らそれを伝えても、彼の悔恨は未だに深いようだ。

そう思うのは、跡継ぎや子どもに関する話題を、ジェラルドが極力避けているからだった。

名門貴族の当主が跡継ぎを必要とするのは当然なのに、彼は一切そうしたことを口にしない。

以前、ある貴族が『子が早く欲しいなら愛人を多く作るべき。奥方も気苦労から解放される』などと、クリスタもいる前で得意げに語った時に、ジェラルドは烈火のごとく怒っていた。

だから、今日の茶会でご婦人方が邪推したように、彼が愛人を囲ったりするとは思わない。

（……どうしようもない悩みをわざわざ言っても、ジェラルド様を困らせるだけよね）

クリスタは結論づけ、心の中で頷いた。

せっかく久しぶりに会えたジェラルドが、こんなに嬉しそうな顔をしてくれているのだ。むやみに困らせて水を差すのは嫌だ。

相談して何とかなる問題ならばともかく、こればかりは幾ら望んでも縁を待つしかない。

そう……ジェラルドが仮面を取ってくれるのを待つと決めた時のように、彼と穏やかに過ごして気長に待つ。それが最善ではなかろうか。

「クリスタ、何か気になることでもあったのか？」

つい考え込んでしまっていたクリスタの目を、ジェラルドが心配そうな顔で覗《のぞ》き込んだ。

「あ……いえ、お茶会は特に問題なく終わったのですが、今朝の新聞に妙な記事が載っていたのを思い出してしまって……」

慌てて誤魔化したが、これも気になってはいたのだから、完全に嘘《うそ》というわけではない。

「ああ、王都に首無し騎士が出たというものか？　クリスタはあの手の話が苦手だったからな」

納得したとばかりに、ジェラルドが頷く。

「ええ……まぁ……」

新聞に載っていた薄気味悪い挿絵を思い出し、軽く身震いして首を竦《すく》めた。

「王都から来る旅人がそこかしこで話すから、帰りの道中に寄った宿でもかなり話題になっていたな。信じている者も多いが、誘拐事件を解決できない警備隊が焦って幽霊の噂を流したんじゃないかなんて疑う声も出ていた」

「そんな声が？　王都の警備隊の総責任者は、真面目なお方だと聞いておりますが……」

　思わぬ話に驚くと、ジェラルドが苦笑をした。

「責任者のハウレス騎士団長は尊敬すべき武人で、例の誘拐事件の捜査にも熱心だ。だが、全ての民が彼を個人的に知っているわけじゃない。誘拐犯と被害者が未だに見つかっていないのは事実だから、結果だけを見て悪く言われることもあるだろう」

「……それは、解るような気がします」

　生家の領地が荒れていた頃のことを思い出してしまい、クリスタはツキンと胸が痛んだ。

　ジェラルドの治めるベルヴェルク領は、国でも指折りの豊かな領地だ。

　そしてクリスタの生家で、今は人に管理を頼んでいるフェルミ家の領地は、今でこそかつての豊かさを取り戻しつつあるけれど、一時期はひどい状況になっていた。

　継母は自分と娘――クリスタの異母妹が浪費をするために、法の抜け穴を潜《くぐ》るような狡賢《ずるがしこ》い手段で領民へ重税を課し、父は酒に逃げて見て見ぬ振り……。

　それでも領民の多くはクリスタを幼い頃から可愛《かわい》がってくれており、フェルミ家の横暴は継母が好き勝手をしたせいと知っていたから、酒毒で倒れた父の代理になった時に助けてくれたのだ。

　そうでなければ、まだ小娘のクリスタが、父の不義理を謝罪して領地の立て直しをしたいと言ったところで、すんなりと領民の全面協力は得られなかっただろう。

　結果が全てと言い切るのは寂しい気もするが、子どものお使いではないのだから『一生懸命にやった』だけで全てが評価されるほど、世の中は甘くはない。

ましてや人の上に立つ者なら、なおさらに厳しく成果を求められる。

「そういうわけでハウレス騎士団長も当面気苦労は絶えないだろうが、あの人ならきっと解決してくれると思う。もちろん俺も、何かできることがあれば助力は惜しまないつもりだ」

そう締めくくった後、ジェラルドが少々わざとらしく咳払いをした。

「ところで、そろそろお預けされるのも限界なのだが……」

彼は、クリスタの顎をそっと摑《つか》んで上向かせた。

愛《いと》しそうに微笑む彼の顔が近づき、ドキリと胸が高鳴るのを感じながら、自然と目を閉じると唇が重なる。

ゆっくりと敷布に押し倒された。

クリスタに覆いかぶさるようにして、ジェラルドは口づけを続ける。

啄《ついば》むように優しく唇を何度も吸い、彼の舌がクリスタの唇を割ってヌルリと忍び込む。

互いの舌が絡まる淫らな水音が立ち、口腔《こうくう》に感じる温かな温度に、堪らない愉悦が込み上げ背筋が震えた。

気づけばクリスタも自分から抱きつき、積極的に深い口づけを貪っていた。

触れたくて堪らなかったのは、クリスタも同じだ。

もっと触れ合いたいと、夢中で舌を絡めるうちに、身体が熱く火照り始める。

「っは……」

全身に広がる甘い痺《しび》れに、思わず恍惚《こうこつ》の息を吐いた。

「クリスタ……すまないが、手加減できそうにない」

掠《かす》れた低い声で囁《ささや》かれ、それだけでもまたゾクリと背筋が恍惚に震える。

彼の手がガウンの帯を解き、クリスタの薄い夏用の寝衣が露《あら》わになる。

上品なデザインの淡い水色の寝衣は、クリスタの一番お気に入りのものだ。

実は、ジェラルドが今夜帰ってくると聞き、こうなるのを期待して寝衣の用意もいそいそとした。

……知られたら死ぬほど恥ずかしいから、絶対に口にする気はないが。

「クリスタは何を着ても綺麗だが、これは特に似合うな」

不意にそんなことを言われて嬉しくなる。

ジェラルドは顔を合わせれば毎日のように色々と褒めてくれるが、特に今日は、彼に良いなと思って欲しかった気持ちが届いたような気がした。

彼の手が寝衣の上から胸の膨らみに触れ、柔らかく揉《も》まれる。

「んっ……」

薄い布地越しに、硬く膨らんだ乳首を指で引っかかれ、強い刺激に息を詰めた。

下腹の奥がキュンと疼《うず》く感覚に、身震いするほど感じてしまう。

「ん……あ、ぁ……」

甘ったるい声を堪《こら》えられなくなり、快楽の涙で視界が歪《ゆが》む。

潤んだ瞳で見つめると、ジェラルドがゴクリと唾を飲んだ。

「クリスタ……っ」

切羽詰まった声で彼が呼び、クリスタに口づけた。

「んっ！　んぅっ！」

先ほどの、濃密ながら優しく穏やかなものとは打って変わり、吐息ごと貪るように激しく舌を絡めて吸われる。

寝衣と下着まで素早く脱がされ、クリスタは一糸まとわぬ姿になる。

「とても似合っていたが、クリスタの素肌に早く触れたい」

少々余裕のない口調で囁かれ、全身にゾクゾクするほどの愉悦が走った。

「え、ええ……」

ジェラルドに強く求められていると実感できるのは、何度味わっても幸せで堪らない。

うっとりと彼の背中に手を回すと、強く抱き返された。

彼もいつのまにか寝衣の前をはだけていて、裸の胸が密着する。柔らかな乳房が圧《お》し潰され、その奥でドキドキと鼓動が速くなっているのも伝わっているはずだ。

ジェラルドの鼓動が速まるのもこちらに伝わってきて、触れ合う素肌が互いに熱を増していく。

彼の手がクリスタの胸元に再び伸び、片方の乳房をこね始めた。

「ん、ん……」

直に触れて愛撫《あいぶ》され、いっそう感じてしまう。頰を赤らめて小さく声を漏らしていると、ジェラルドが反対側の乳房に口元を寄せた。

「ひぅっ！」

膨らんだ胸の先端をペロリと舐《な》められ、痺れるような快楽がそこから駆け抜ける。

クリスタは喉を反らして濡《ぬ》れた声を上げた。

「あっ、あ……っ！」

赤く色づいたそこを温かな舌で舐め回されると、堪らなかった。

「んっ、あっ、あぁ……」

鮮烈な快楽に、ゾクゾクと皮膚が粟立《あわだ》つ。

反射的に指を彼の髪に絡め、身体の疼きに背筋を反らした。自分から胸を押しつけるような形になっているのを気にする余裕も、すでになくなっていた。

身体の奥で、ジェラルドを何度も受け入れている隘路《あいろ》がヒクヒクと切なく蠢《うごめ》いてどうしようもない。

熱い蜜が花弁《はなびら》の隙間からトロリと溢《あふ》れ出し、敷布に染みを作っていく。

「ん……ん……」

腰の奥に湧き上がるもどかしい疼きに、いやらしく身をくねらせてしまいそうになる。

敷布を握りしめて淫靡《いんび》な疼きに耐えていると、ジェラルドの手が下へと伸びていく。

「んっ！」

くちゅりと水音を立て、花弁に指先が触れた。

「っ！　あ……はぁ、あ……」

指先が膣口《ちつぐち》を探り、円を描くようにゆっくり撫《な》で始めた。

濡れそぼった花弁を擦《こす》られ、くちゅくちゅと淫靡な音が立つ。

頭の芯まで蕩《とろ》けるような強い快楽が湧き、しっとり汗に濡れた乳房が、荒い呼吸に合わせて官能的に揺れる。

「クリスタ……もっと我を忘れるくらい、乱れてくれ」

カプリと耳朶《みみたぶ》を緩く嚙《か》まれ、クリスタは身を竦めた。

ぷくりと膨らんだ赤い花芽も包皮を剝《む》かれ、真っ赤に膨らんだそこを、蜜をたっぷりまぶした指の腹でぬるぬると擦られる。

「ひっ！　や……あっ、あぁ……っ」

気持ち良くて、目を閉じた瞼《まぶた》の裏に白い火花がパチパチと散った。

でも、まだ足りない。中途半端に与えられる快楽が身体を熱くして苦しい。

「あっ、やぁ……んんっ」

唇が重なり、差し込まれた舌が口腔を舐め回し、クリスタの舌に絡みつく。

下肢を弄《いじ》る彼の指が、ひくひくと震える膣口にそっと差し込まれた。

「――っ！」

まだ指先をほんの少し入れられただけなのに、強烈な快楽に貫かれる。

身体を弓なりに反らして敷布を握りしめ、無意識に息を詰めた。

久しぶりに異物を受け入れるそこを傷つけぬよう、気遣ってくれているのか。もどかしいほどにゆっくりと、ジェラルドは内部を押し広げていく。

「ふっ……ぁ……ん、ぁぁあ……」

長い指が膣壁をかき回し、グチュグチュと卑猥《ひわい》な音を立てて愛液をかきだす。

しかし、内腿《うちもも》がブルブルと震えてもう少しという気配を感じ取ると、彼は達する寸前で動きを止めてしまう。

中途半端な快楽を与えられ続け、何度も絶頂の間際まで追い詰められ、ついにクリスタは音を上げた。

「あ、あぁ……ジェラルド様……も、ああ……苦し……」

全身の疼きに耐えかね、悲痛な吐息を漏らして訴える。

目を開けると、涙の膜が薄く張った視界に彼が映った。餓《う》えた獣が大好物の獲物を前にしたような……クリスタを欲しくて堪らないといった表情に、ゾクゾクと感じてしまう。

「クリスタ、次にどうして欲しい？」

微かに上擦った声で意地悪く囁かれ、少しだけ恨めしく思った。この状況で願いなど決まっている。

彼と早く繋《つな》がりたい。早く満たして欲しい。

羞恥に苛まれながら、戦慄《わなな》く唇を動かした。

「っ……あぁ……ジェラルド様が………欲しい」

耐え切れず腰を揺らめかせて強請ってしまうと、ジェラルドがゴクリと唾を飲むのが判った。

両足を大きく広げさせられ、熱く滾《たぎ》った雄の切っ先が蕩けた蜜口に押しつけられる。

「んんっ！」

火照り切って疼く身体の中がジェラルドを欲しがって、ヒクヒク震えていた。

グチュリと濡れた音を立てて、太い肉棒の先端が赤く色づいた花弁を割り開く。

「ふぁっ……う、ぁ……」

ずぶずぶと隘路を埋め尽くしていく雄の感触に、クリスタは喉を反らして喘《あえ》いだ。

「は……すごいな、こんなに締めつけて、中が吸いついてくる……」

ジェラルドが恍惚めいた息を吐き、最奥まで一息に突き込まれた。

同時に、焦《じ》らされきっていた身体の奥で快楽の熱が弾ける。

「ああぁっ！」

視界が白く染まり、膣壁が雄を限界まで締め上げる。

「は、あぁ……あっ、あああぁ！」

ビクビクと全身を震わせ、クリスタは切羽詰まった高い声を放つ。

切っ先を押しつけられた子宮口が淫らに痙攣《けいれん》し、ジェラルドが小さく呻《うめ》いた。

「つく……気持ち良すぎて、おかしくなりそうだ」

引き抜いては押し込み、指で感じていた場所を先端で擦り上げられると、ズクリと強い衝撃が全身を戦慄かせた。

「あ、やぁっ！　まだ、駄目ぇ……っ」

絶頂の余韻も冷めないまま弱い部分を何度も突かれ、強すぎる快楽が苦しいほどなのに、どこか気持ちいい。

思考が真っ白で何も考えられないまま、膣壁が貪欲に収縮して雄を締めつける。

「くっ……そんなに締めないでくれ」

額に汗を滲《にじ》ませてジェラルドが呻く。彼も感じているのだと思うと、愉悦に心が震えた。

ジェラルドが大きく腰を動かし、達したばかりの内部を強く擦られる。

「やっ！　ああっ！　待っ……まだ、無理……んっ！　あぁっ」

一度達した身体は過敏になり、クリスタがまた快楽の絶頂に身を震わせるまで、さほどかからなかった。

蜜をかきだすように肉棒を引きずり出しては、また深く穿《うが》たれる。何度も絶頂に追いやられ、ギュッと閉じた瞼の裏に星がチカチカと散った。

ジェラルドが貪るように唇を重ね、舌を絡めながら腰を揺らす。

結合部から粘着質な水音が立ち、溢れた愛液が敷布の染みをさらに広げていった。

「んぅ……ふ、ぁ……」

太い雄を締めつける膣壁が淫らに蠢き、重ねた唇の合間から掠れた吐息が漏れる。

クリスタもジェラルドにしがみつき、無意識に自分の良いところに擦りつけるように、彼と動きを合わせていた。

激しく奥まで穿たれ、室内に二人分の荒い呼吸と男女の交わる音が響く。

ジェラルドも絶頂が近いのか、次第に腰の動きが激しくなる。

「あっ！　あ、あああ！」

深く突かれてクリスタが幾度目かの絶頂を迎えると同時に、ジェラルドも熱を解放する。

体内で雄がビクリと跳ね、子宮口に浴びせられる飛沫《しぶき》の熱に身悶《みもだ》えた。

断続的に吐き出される精を注ぎ込んでも、ジェラルドは自身を引き抜こうとしなかった。

ふぅっと息を吐き、ぐったりと脱力しているクリスタの頬や髪を優しく撫でてくれる。

「ん……」

心地よさに、自然と小さな声が漏れる。

目を閉じてされるがまま穏やかな愛撫を受けていたが、不意に彼が腰を動かした。

「んぁっ」

再び硬度を取り戻したものを動かされ、過敏になっていた膣壁に鮮烈な快楽が押し寄せる。

クリスタは目を見開き、反射的にジェラルドの首にしがみつく。

「すまない。クリスタが愛しすぎて、理性がきかない」

とろりと甘い熱を孕《はら》んだ瞳で見つめられ、クリスタの身体もまたゾクゾクと淫靡に疼き出す。

「私も、ジェラルド様とまだ離れたくなくて……」

はにかみながら、彼を引き寄せて頬に掠めるような口づけをした。

「クリスタ……愛している」

そしてどちらからともなく深く唇を合わせ、再び互いを求め始める。

――もっと、いっぱい愛し合ったら、今度こそ子に恵まれるかもしれない。
愛し合いながら、ふと脳裏にそんな考えが浮かび、クリスタは少々自己嫌悪を覚えた。
焦らず、気長に待とうと決めたばかりなのに……。

2　道化師の子どもと首無し騎士

ベルヴェルクの城下町は、領内で最も大きな街だ。

普段から活気に溢れているし、毎週末に市場が立つ時はもっと賑わうが、月に一度の大市場の立つ日は、ことさら人が集まる。

「大市場の話は聞いておりましたが、王都の市場に引けを取らない賑やかさですね」

ズラリと並んだ出店の列を眺め、クリスタは感嘆の息を吐いた。

「そうだろう？　俺も子どもの頃に初めて行った時はあまりに楽しくて、帰りたくないと駄々をこねたくらいだ」

ジェラルドが肩越しに振り返り、なぁ？　と同意を促すと、後ろについているダンテが目を細めて微笑んだ。

「懐かしいですね。しまいに私が、夜になっても帰らない悪い子は魔法で人形にされて次の大市場に売りに出されるのだと脅かしたら、やっと帰りの馬車に乗って下さいました」

「……そこまで暴露しないでいい」

赤面したジェラルドが、軽くダンテを睨《にら》んだ。

ジェラルドが深い信頼を置く幼馴染《おさななじみ》で、超絶に有能かつやや辛辣な執事のダンテは、どこ吹く風の涼しい顔だ。その隣では、ルチルが笑いを堪えようとしているのか、必死に口を閉じて肩を震わせている。

クリスタも自然と、幼少期のジェラルドとダンテの微笑ましいやり取りを想像して、顔が綻んでしまう。

——ジェラルドが視察から帰った翌日は、抱き潰されてとても起き上がれなかった。

彼もさすがに長期視察の疲れが出たらしく、二人が起きたのは昼過ぎという体たらく。

しかし、それでも次の日も休みを取って市場見物に出かけることができたのは、離れていた期間に書類仕事を頑張った甲斐《かい》があったらしい。

ジェラルドはクリスタになるべく負担をかけまいと気遣ってくれるが、こんなにも良くしてくれる彼の力に少しでもなりたいと思うのは当然だ。

それに、退屈より何か作業をする方が好きだし、彼の仕事を手伝えば自然と共通の話題もできて接する時間もできるのだから言うことなし。

視察中、ジェラルドのいない城で過ごす寂しさを、書類仕事に思う存分ぶつけて気を紛らわせていた結果、それなりの分量の仕事を処理できた。

ジェラルドは仕上がった書類の量が想像の数倍だったと言い、いつも冷静沈着な執事のダンテまで心なしか浮かれ気味に喜んでくれたから、少しは役には立てたのだろう。

そんなわけで、ゆったりと一日休養を取ってから、本日はこうして街へ遊びに行く余暇ができたのだ。

普段の街や市場には何度か行った経験があるが、大市場に行くのは初めてだった。

『――奥様。私とダンテさんは用心のために付き添うだけですので、決して邪魔はしません！　どうぞいないものとしてお気になさらず、デートを満喫して下さい！』

外出用の衣服に着替える際、ルチルが熱心にそう言ってくれたが、クリスタとしては四人で出かけるのも楽しい。

ジェラルドとダンテほどの長い付き合いではないにしろ、ルチルはクリスタが不安いっぱいで嫁いできたその日から、明るく熱心に仕えてくれている大切なメイドだ。

そんな信頼できる二人と一緒なのだから、邪魔だなんてとんでもない。

四人で楽しく会話を弾ませて歩いていると、そこかしこの出店から、女将さん達の威勢の良い呼び声がかけられる。

「あら、まぁ！　領主様、いらっしゃいませ！」

「奥方様もご一緒で！　ぜひ、うちのジュースを飲んでいって下さいな」

「串焼きは如何ですか？　領主様ご夫妻に食べてもらえれば、旦那に手紙で自慢できるってもんです」

今日は気楽な外出のため、クリスタ達は控えめで目立たない服装をしている。

ただ、ジェラルドは仮面を外しているので、額に輝く美しい宝石はどうしても人目に触れた。

外出にダンテが護衛としてついてきたのも、この宝石に妙な気を起こす輩《やから》を排除するためだ。

もっとも、最初は初めて見る宝石人に驚いていた街の人々も、今では普通に受け入れている。

「おかあさん。領主様はとってもいい人だから、神様から綺麗な宝石をもらえたのかな？」

母親に手を引かれた幼い子が、ジェラルドの宝石を見て尋ねるのが聞こえた。

「ええ。そうかもしれないわね」

「やっぱり！　おとうさんが元気に鉱山で働けるのも、領主様のおかげだって言ってたもんね！　領主様、ありがとう！」

元気よく子どもがこちらに手を振ると、母親が慌てたようにお辞儀をした。

「この子ったら、馴れ馴れしく……ですが私も主人も、いつも領主様には感謝しております」

心の籠った真っ直《す》ぐな感謝を向けられ、ジェラルドは少々照れ臭そうな顔をした。

そして不意に、彼の腕が伸びてクリスタの肩を抱き寄せる。

「そう言ってもらえるのはありがたいが、今の俺が何かできているとすれば、最愛の妻に支えてもらっているからだな。彼女がいれば、これからもよりいっそう頑張れる」

優しい声音で放たれた最高の賛辞に、気恥ずかしくて頬が赤くなるものの、やはり嬉しい。

胸が温かくなり、幸せでいっぱいに満たされながら、クリスタはジェラルドとまた歩き出す。

「それにしても、相変わらず混んでいるな」

彼が独り言のように呟《つぶや》き、隣を歩くクリスタの手を握った。

「その……はぐれるといけないだろう？」

やや気恥ずかしそうに言われ、クリスタも頬が熱くなるのを感じた。

寝室では手を繋ぐよりすごいことを散々にやっているのだが、こうして人前で手を繋がれるのは、何度されてもドキドキしてしまう。

「は、はい……」

高鳴る心臓の鼓動を誤魔化すように、クリスタは辺りの景色へと目を向けた。

通常の市場は広場だけを使うが、大市場の日は街中の通りが市に変貌するそうだ。

道の両脇には屋台を組んだ出店があるだけでなく、地面に布を敷いただけの行商人もいるし、様々な芸を披露して客を集める旅芸人もいた。

ジェラルドから聞くところによれば、彼は旅芸人に対して暗い思い出があるらしい。

彼が他人を信じられなくなり、自分の大切な人を守るために用心せねばと、徹底して心を閉ざすのも無理はないと思うような事件だった。

けれどジェラルドは、全ての旅芸人を一括《くく》りにして否定する気はないという。秩序を乱さなければ良いと、他の行商人と同じく領内での商売を許可している。

そうした私情に流されない、あくまでも領地を統べる者としての姿勢を持つジェラルドを、クリスタは心から尊敬するのだ。

楽しい一日はまだまだ続き、屋台で軽食を食べたりしながら、大市場に浮き立つ街中を歩いていると、不意に軽やかなオカリナの音色と歓声がクリスタの耳に届いた。

通りの一角にちょっとした人だかりができており、賑やかな音はそこから聞こえてくる。どうやら、大道芸人が技を披露しているようだ。

「随分と人気の出し物のようだな。見物してみようか？」

クリスタの視線に気づいたらしく、ジェラルドが申し出てくれた。

「良いのですか？」

「せっかくの大市場だ。気になるところは全部見て、思い切り楽しもう」

そう言ったジェラルドの浮かべた満面の笑みは、本当に魅力的だった。陽光に煌《きら》めく額の宝石も美しいが、クリスタにとっては愛する彼の笑顔が世界で一番美しい。

「はい！」

元気よく頷き、ジェラルドに手を引かれて人だかりへと小走りで向かう。後ろから、ルチルとダンテもついてきてくれた。

大道芸の周りに集まる人々の合間から背伸びをして覗くと、大道芸を披露しているのは、ピエロに扮《ふん》した二人組の子どもだった。

二人は派手な色合いの布をセンスよく組み合わせたダボダボの衣装を着て、顔は真っ白に塗ってペイントをしている。

そんな出《い》で立ちなので素顔はまるで分からないが、背丈からして二人とも十歳くらいの子どものようだ。

一人がオカリナを吹き、もう片方がそれに合わせて歌いながら、コインやスプーンで器用にジャグリングをしていた。

歌は、隣国ウェネツィアに昔から伝わる子ども向けの数え歌だが、一つ、二つと数えながらジャグリングの数を増やし、十まで増えると減らしていくのが面白い。

しかも時には後ろ向きになって投げるなど、熟練の大道芸人かと思うほどの卓越した動きを、小さな子どもが軽々とやってのけているのだ。

二人の可愛らしさも相まって、これは人だかりができるのも納得だ。

クリスタもすっかり魅入ってしまい、演奏が終わって小さなピエロ達がお辞儀をすると、夢中で拍手をした。

「うわぁ、すごかったですね！」

ルチルもいたく感激したようで、感嘆の声と共に大きな拍手を送っていた。

大道芸が終われば、観客達は地面に置かれた空き缶に自分が納得できる見物料のコインを投げ、次の楽しみを求めて散り散りに去っていく。

クリスタも、素晴らしい技を見せてもらった対価を支払おうと、巾着袋からお金を取り出したが
……。

「……ジェラルド様？」

ふと隣を見ると、ジェラルドが僅かに顔を強張《こわば》らせて、ダンテに何か小声で囁いていた。

その様子は、とても芸を楽しんでいたようには見えない。

(私が気づかないうちに、何かあったのかしら？)

動揺しつつ声をかけるべきか迷っていると、不意にダンテが動いた。

小さなピエロ達はコインを回収し、傍らに置いてあった大きな鞄《かばん》を持って、心なしかそそくさと急いだ様子で細い小路に歩いていく。

しかし、ダンテの方が一足早かった。風のように静かに素早く二人を追い越し、狭い小路の中で彼らの行く手を塞ぐように立ちはだかったのだ。

「え？　何か……？」

ダンテを見上げ、少女らしい声を発したのは、オカリナを吹いていたピエロだった。

「あのさぁ、もう公演は終わりだよ。俺達も暇じゃないんだから退《ど》いて」

対して、先ほどの愛嬌《あいきょう》を殴り捨てたように棘《とげ》のある声音を発したジャグリングピエロの方は、歌声からそうかなと思ったが、やはり少年だったようだ。

「失礼。ですが、少しばかり見過ごせない事実があったので、お引き止めをしました」

ダンテの物腰は柔らかで口調も丁寧だが、どうしてだか有無を言わせない迫力がある。さすが、若くして城の使用人をまとめる執事の大役を務められるわけだ。

しかし、ジェラルドはもちろん、ダンテだって理由もなく小さな子どもを威圧して足止めするなんて真似はしないはずだが、このピエロ達の何が悪かったのかまるで解らない。

困惑していると、やや厳しい表情のジェラルドが身を屈《かが》め、小声でピエロ達に話しかけた。

「お前達がやったことは泥棒と同じで、悪いことだと解っているのか？　そして……どちらが宝石人だ？」

小声ながらはっきりと聞こえたその言葉に、耳を疑った。

(泥棒って……それよりも、宝石人⁉)

呆気《あっけ》に取られたのは、クリスタだけではなかったらしい。

下がっているようダンテに命じられたせいで、後ろにいるルチルには聞こえなかったようだが、明らかにピエロの子ども達はギクリと顔を強張らせた。

「あ、あの……」

明らかに狼狽《うろた》えた様子の少女のピエロに対し、少年のピエロはジェラルドとダンテを睨みつつ手にした鞄を放り投げた。

「俺達に構うなよ！」

少年が怒鳴ると、誰も触れていない鞄がガタガタ揺れ始めた。

まるで見えない手が動いているかのように留め金が音を立てて開き、中から銀色の物体が幾つも飛び出す。

(これは……宝石人の能力⁉)

以前に起きた事件で、ジェラルドが直接触れもせず金属製品を操ったのを、クリスタはよく覚えている。

あの時は宝石人であるジェラルドが手を貸して欲しいと言ったことに、金属達は応えてくれた。

ということはつまり、他の宝石人も同じ能力を持っている可能性もある。

「落ち着け！　とにかく話を……」

ジェラルドが叫ぶが、鞄から飛び出した銀色の物体が勢いよく顔にぶつかりそうになり、慌てて避《よ》ける。

ダンテも同じように避けた一瞬の隙に、少年のピエロが相棒を引っ張って駆け出した。

「ラピス、逃げるぞ！」

彼らは小柄なうえにすばしこくダンテの脇を上手くすり抜け、薄暗い小路の奥へ一目散に逃げ去る。

「待って！」

咄嗟《とっさ》にクリスタは呼び止めようとしたが、目の前で新たに驚きの出来事が始まった。

取り残された銀色の物体がガシャガシャと組み上がり、あっという間に甲冑姿の騎士になったのだ。

ただし……その甲冑には頭部がなかった。首の部分はぽっかりと黒い空洞になっている。

空っぽの甲冑が、クリスタ達の前に堂々と立ちはだかっていた。

「ひぃっ！　首無し騎士だ！」

「きゃあぁ！」

背後から複数の悲鳴が上がった。

小路の中とはいえ、通りに近いところであれだけ大声を出したりしたのだ。道行く人の注意を引いてしまったのだろう。

だが、頭部のない甲冑は全く人目を気にもしない様子で、拳を固めてジェラルドに殴りかかってきた。

「ジェラルド様！」

ジェラルドが拳を避けると同時に、クリスタも自然と身体が動いていた。

首無しの甲冑は大の苦手な幽霊などではなく、宝石人の能力で動くものだと知ったことで少しは恐怖が薄れたけれど、もしこれが本当の幽霊だったとしても全力で立ち向かった。

クリスタが世界で一番怖いのは、ジェラルドの身の危険だ。

彼のためなら何も怖くない。自分の全てを投げ打つ覚悟を持って、彼が宝石人だと公表したのだ。

近くに偶然立てかけてあったモップを掴み、渾身《こんしん》の力を込めて胴体の鎧《よろい》を柄の先端で突く。

甲冑は一見、いかにも立派で重厚な見た目だったが、あんなに小さな子どもが運べる鞄に入っていたのだ。

思った通り、薄っぺらい金属板で作られた飾り物だったようで、女性のクリスタでも精一杯に突けば、脇の部分が大きくへこんでよろめいた。

続いてダンテが甲冑の足元を蹴りで払うと、派手な音を立てて金属製の甲冑が地面に倒れる。

そして甲冑が立ち上がろうとする前にジェラルドがのしかかり、胸甲部に手を触れると、甲冑は何度かビクビクと痙攣してから動きを止めた。

パーツが外れることもなく、ごく普通の、ただの動かぬ飾り物の甲冑となって地面に転がる。

シンと、辺りが静まり返った。あまりにも異様な光景に、人々は驚きの声を発することもなく、ただただジェラルドと動かなくなった首無しの甲冑を見つめている。

クリスタも全身を強張らせたまま動けずにいたが……。

「……以上！　領主様ご夫妻の奇術でした！　皆様、どうぞ拍手を！」

不意にダンテが大きな声を放ち、手を打ち合わせた。

――あの、幾らなんでも無理があるのでは？

非常ににこやかな笑顔で大嘘をついた執事に、クリスタは思わず内心でツッコんだ。

「さすが、領主様ご夫妻！　大市場を盛り上げに来て下さったのね！」

「すごい迫力だったわ！」

しかし、途端に周囲の人々から感嘆の声と、盛大な拍手が沸き上がる。

ジェラルドも少々息を切らしていたが、シレッと笑顔で手を振ってみせている。

（え、ええと……ここは、合わせた方がいいわよね……？）

一瞬戸惑ったけれど、クリスタも引き攣《っ》りそうな顔に笑みを無理やり浮かべ、皆に手を振った。

「首無し騎士が本当に出てきたのかと思って、ドキドキしちゃった」

「奥様もすごく強くて頼もしかったし、もし首無し騎士が来ても、この領地は安泰ね」

「あんなにすごい出し物を見られたなんて、運が良かったよ」

「俺、友達に自慢しちゃおっと！」

人々はまだ興奮冷めやらぬ口調で話しながら、他の出し物や出店の方へと散っていく。

（……そうね。私だって、ジェラルド様の能力を知らないで奇術だと言われれば、仕掛けがあったのかと普通に納得するわよね）

クリスタはホッと息をついた。

ジェラルドが宝石人だというのは周知の事実になっても、金属を探知できたり動かしたりできるという能力は公表していない。

宝石人はとてつもない価値のある存在だ。

ジェラルドが宝石人だったと明かしてからも、過去の悲劇で世間の同情を誘ったのが功を奏して、公にその身を狙われることはなかった。

しかし、それはあくまで表向きだけの話だ。盗賊など、密《ひそ》かに彼の身を狙う者は何度も来た。

城の警備は万全にしているが、隠し玉の秘策はある方がいい。

幸い、以前に大量の金属を操って敵を撃退した時のことは、歴史の古いフェルミ家の屋敷で起こったことから、古い家に宿る精霊が主人のためにやったのだと、もっぱらの噂になっている。

クリスタを愛した屋敷の金属達の力を借りて敵を撃退した時のように、いつかこの能力が身を守る時が来るかもしれない。そのため彼が宝石人であるということ以外、特殊能力については伏せていた。

「……ルチル⁉」

不意にクリスタは、ルチルが道脇の目立たない場所に座り込んでいるのに気づいた。

まさか、今の騒動で何かあったのかと慌てて駆け寄る。だが青褪《あおざ》めてはいるものの、幸いにも怪《け》我《が》をしている様子はない。

「も、申し訳ありません……驚いて動けなくなって……あの、あれは……？」

クリスタを見上げたルチルの目には、はっきりと戸惑いの色が浮かんでいた。

無理もない。

ジェラルドの幼馴染であるダンテはともかく、ルチルはジェラルドが宝石人だということすら公表されてから知ったのだ。

それに彼女は、ピエロ達とのやり取りから今の甲冑が奇術ではないと察したのだろう。

「ルチル……立てるかしら？」

とにかく、こんな道端でしゃがみ込ませておくわけにはいかない。クリスタはルチルに手を貸そうとしたが、それよりも早くダンテが彼女を抱き上げた。

「ひゃっ⁉」

ルチルが素っ頓狂な悲鳴を上げたのも構わず、ダンテは淡々とした表情でクリスタに向き直る。

「彼女には休ませながら事情を説明します。大変申し訳ないのですが、ジェラルド様とご一緒に先に城へお戻り頂けますでしょうか？」

「え？　ええ……私は大丈夫だけれど……」

一瞬、逃げ去ったピエロの子ども達の姿を思い出したが、ジェラルドに優しく肩を抱かれた。

「あとはダンテに任せれば大丈夫だ。コイツならピエロをすぐに捜し出せるだろうし、ルチルも安心して任せられる。俺達は大人しく、ダンテの報告を待つのが一番いい」

そう言われれば、クリスタとしても異論はない。

お出かけは思わぬ出来事で終焉《しゅうえん》となったものの、どのみちそろそろ帰る時間だ。

そしてクリスタは、ジェラルドと迎えの馬車に乗り、ベルヴェルクの城へと戻ることにした。

馬車に揺られながら、ジェラルドはそっと向かいに座るクリスタの様子を窺《うかが》った。

傾き始めた陽《ひ》に照らされた彼女の黒い瞳は、遠ざかっていく街の方をぼんやりと眺めている。

(――せっかくの外出で、とんだ騒ぎに出くわしてしまったな)

内心でため息をつきつつ、複雑な心境だった。

(まさか、俺以外にも宝石人がいたなんて……)

小さなピエロの二人組が芸をする光景を見た瞬間、耳鳴りに似た奇妙な音が頭の中に響いた。

我ながら信じ難いが、自分が金属を動かす時と同じ力が近くで働いていると本能的に感じたのだ。

鉱石を探知する時のように集中すれば、片方のピエロがやっているジャグリングは、宝石人の力で小さな金属製品を操っているのだと感じ取れた。

しかし、ジャグリングのピエロが宝石人なのかと思った直後、さらに驚愕することになった。

小さなピエロ達の芸に夢中になっている観客から、ブローチや髪飾りがまるで見えない手に操られているかのように、フワフワと持ち主の傍《そば》を離れていくのが見えたのだ。

最高級の宝飾品ならともかく、ここは銀鉱山も多い地ということもあり、ちょっとした銀細工なら庶民でも安易に手に入る。

そして今日のようにお祭り気分の日ともあれば、普段よりも着飾るのは普通だと言えよう。

ピエロの芸を見ていた客の多くも、晴れ着を生花や銀細工で飾っていた。

その銀細工の幾つかが、お伽噺《とぎばなし》に出てくる魔法のように、持ち主に気づかれないほど静かに滑り落ち、ピエロ達の傍に置いてあった大きな鞄の方に転がっていったのだ。

列をなして密かに行進する銀細工は、例の甲冑が入っていた鞄の陰に隠れてしまうが、どちらのピエロもその宝飾品に視線すら向けることなく自分の芸を続けていた。

だから、いっそう混乱したのだ。

以前にクリスタの実家で大量の金属を動かしたのは、大切に扱われてきた城館の金属達が強い意思を持っていた故であり、ジェラルドが自分の力だけで動かせるのはほんの僅かだ。

ベルヴェルク領で多く産出される発光鉱石のように魔力を帯びた物質は未だにあるが、遠い昔には魔力を身体に持って自由に使えていた、いわゆる『魔法使い』が存在していたらしい。

ジェラルドの持つ金属探知の能力なども、宝石人の能力というよりも厳密に言えば魔力を使った芸当――つまり、宝石人は魔法使いの一種なのかもしれない。

ジェラルドは歴史の専門家ではなく、宝石人について必死に調べていた亡き両親もそういった事柄までは解らなかったようだが、目の前で宝石人の能力を使った盗みが行われたのは事実だ。

特別に強力な意思もなさそうな宝飾品を、近くの場所に触れもせず呼び寄せるなんて、間違いなくジェラルドにはできない芸当だ。

さらに、楽器の演奏やジャグリングをしながら金属を引き寄せるような器用なことは、到底できない。

二人のどちらが宝石人かは判らないが、ジェラルド自身が金属を操れる能力を秘密にしていたのもあり、内密に話をつけるのが一番だと考えた。

だが、まさか噂の首無し騎士まで出てくるとは思わず、あの場では取り逃がしてしまったが……。

「……あの、ジェラルド様」

考えに耽《ふけ》っていると、不意にクリスタから遠慮がちに声をかけられた。

「え？　あ、ああ……すまない。少し、考え事をしていた」

我に返って顔を上げれば、何か問いたそうなクリスタと視線が合う。

ジェラルドは自然と強張っていた表情を緩めようと、息を吐いた。

クリスタは何も知らされないまま、唐突に路地で首無し騎士の甲冑と対峙《たいじ》する羽目になったのだ。

彼女は怪談の類が大の苦手だし、心優しくて他人を傷つけることも嫌いだ。

それでもジェラルドに危機が迫っていると判断すれば、助けようと全力で動いてくれる。

古来より黒水晶は魔除《まよ》けになる守護の石と言われていたが、その宝石と同じ漆黒の髪と黒い瞳を持つ彼女は、まさしくジェラルドにとって至高の守護女神だ。

もちろん、ジェラルドとてクリスタを必ず守るつもりだけれど、彼女にそれだけ愛されているのが幸せで堪らない。

そして、常に一緒に戦おうとしてくれる彼女だからこそ、今回のことも全て話しておかなければ。

「さっきは急なことで、本当に驚かせたと思う。実は……」

ジェラルドはそう切り出し、ピエロに扮した子ども達をどうして呼び止めたかなど、一通りをクリスタに説明する。

「――では、ジェラルド様の他にも宝石人がいたのですね」

目を丸くして驚くクリスタに、ジェラルドは頷いた。

ちなみに、慌てて逃げ出したピエロ達は、集めた宝飾品を持っていく余裕がなかったらしい。

それらは甲冑の入っていた鞄の陰に残っていたので、市場の運営に届けるようダンテに指示しておいた。

賑やかな市場に浮かれて、うっかり落とし物をするのはよくあることだ。遺失物としてきちんと戻ってくれれば、持ち主もたいして気にはしないだろう。

「先ほどの甲冑を見るに、王都の首無し騎士騒ぎも、あの二人が関わっていると見て間違いないだろうな。それに領内で盗みをしようとした以上、さすがに放ってはおけない」

「……ええ」

クリスタがやや浮かない顔で頷く。

「心配しないでくれ。あの子達を捕まえたら事情を聴くが、有無を言わせず盗難未遂で罰するなどしない。俺だって想像力くらいはあるからな……あの子達も苦労した末の行為ではと思っている」

彼女を安心させようと、ジェラルドは微笑みかけて自分の額を指した。

常に欲望の的になる宝石人にとって、平穏に生きるのは非常に難しい。

それでも自分は、息子を守るための財力と愛情を持った両親のもとに生まれたことで、随分と運が良かったのだ。

　二人の子どもが真っ白に顔を塗りたくりピエロに扮していたのは、芸を面白く見せる演出というより、額の宝石を隠すための工夫だったのだろう。

　声をかけてきたジェラルドを睨んだ少年のピエロの、攻撃的な視線を思い出す。きっと……いや、間違いなくあれは、散々に痛い目に遭って追い詰められた者の目だ。

「そうですね。まずは、あの子達に落ち着いて話を聞ければと思います」

　ホッとしたようにクリスタも微笑み、複雑そうに悩んでいた彼女から緊張感がやっと解ける。

　真面目かつ優しい彼女のことだから、世間の安全のために犯罪を罰する必要がある現実と、窮地に追い込まれていただろう子どもに救いを差し伸べたい理想の狭間《はざま》で、思い悩んでいたのだろう。

「ああ、決して悪いようにはしないつもりだ。安心してくれると嬉しい」

　そう言うと、クリスタが柔らかく目を細めた。

「もちろんです。ジェラルド様を信じていますから」

　これ以上ないほどに可愛らしく、クリスタが微笑む。

「……」

　彼女は、どうしてこうまでも愛おしいのだろう。

　愛妻から笑みを向けられた嬉しさが脳天まで突き抜けた直後、ツゥ……と、鼻から生温かいものが垂れる感触があった。

「ジェラルド様!?　血が！」

驚愕に目を見開いたクリスタから、慌てふためいた様子でハンカチを差し出される。

どうやら興奮しすぎて、鼻血が出てしまったようだ。

「わっ！　す、すまない！」

「いえ、お加減が悪いのでしたら、馬車を少し停めてもらいましょうか？」

「あ……いや、大丈夫だ」

クリスタが可愛らしすぎて興奮しただけ……とは、とても言い出せず、モゴモゴと呟いた。

申し訳なさと情けなさが入り混じった気分で、受け取ったハンカチを鼻に押し当てる。

お詫《わ》びに新しいハンカチを数枚……いや、山ほど贈ろうと決意した。

きっとまたこの先、可愛らしくて堪らない愛妻に悶えて鼻血を出してしまう機会など、幾らでもあるに決まっているのだから。

3　密かな悩みと思わぬ新人

「――クリスタ」

遠慮がちに声をかけられ、クリスタは目を覚ました。

薄明りのついた室内で、申し訳なさそうに眉を下げたジェラルドが、寝台の横に屈み込んでいる。

「あ……ジェラルドさま……」

まだ少しぼんやりしたまま、眠気を覚まそうと目を瞬かせた。

時計を見れば、時刻は日付を少し回ったくらいだ。

大市場から城に帰ったものの、夜になってもダンテからはまだ連絡がなかったので、ジェラルドから先に休むように促された。

しかしルチルも戻らないのが心配で、できる限り起きているつもりだったのに、首無し騎士と対峙した騒ぎなどで思っていた以上に疲れていたらしい。

部屋着のまま少しだけ横になろうと思ったら、いつのまにかぐっすり眠り込んでしまっていたようだ。

「こんな時間にすまないが、これから内密の話をするのでクリスタも加わってくれるか？　ダンテとルチルが今しがた戻って……あのピエロ達も一緒だ」

真剣な表情のジェラルドから小声で告げられ、一気に眠気が吹き飛んだ。

「はい！　もちろん、同席させて下さい」

大急ぎで、彼と応接間の一つへ向かう。

広いベルヴェルクの城には、様々な用途に合わせて使えるように応接間が幾つもある。

クリスタ達が向かったのは、一番小さくてジェラルドの執務室にも繋がる、特に秘密裏の重要な話をするのに使われる部屋だ。

静かな夜の廊下を歩きながら、ジェラルドはダンテから受けた昼間の報告を聞かせてくれた。

あの騒ぎの後、街に残ったダンテはルチルに宝石人の持つ能力――金属を自由に動かせることや、まだそれは秘密にしている理由などを説明し、彼女も内緒にすると約束してくれた。

そしてピエロを捜しにかかったダンテだが、目立つ大道芸用のメイクや衣装はとっくに脱いでいると考え、見慣れない子どもの二人組とだけ情報を絞った。

しかし、大市場には他所の町村からも人が集まるので、二人組を見つけるまでに思ったより時間がかかってしまったそうだ。


目当ての応接間に入ると、小さなテーブルを挟んだ長椅子に、簡素な服を着た小さな少年と少女が並んで座っていた。

俯《うつむ》いているので顔は見えないが、ピエロに扮していた子ども達だろう。

その長椅子の後ろには、ダンテとルチルが立っていた。

「奥様！」

クリスタが応接間に入るなり、ルチルが駆け寄ってきた。

「ルチル！　もう体調は良くなったの？」

「はい。あの甲冑が動いた本当の理由も、ダンテさんから説明頂きました。あの時は本当に亡霊が出たのかと驚いたのは確かですが、私はいかなる時も奥様を守るべき立場ですのに、情けない姿をお見せしてしまって何とお詫びをしたら良いか……」

今にも泣き出しそうなルチルの肩を、クリスタは優しく撫でた。

「ルチルがいつも私を気遣い尽くしてくれているのは、誰よりも知っているわ。だからこそダンテさんも、貴女には本当のことを教えても問題ないと判断したはずよ」

ね？　と、ダンテに視線を向けると、彼は生真面目な表情を崩さぬまま一礼した。

「彼女は奥様の側《そば》に一番仕えておりますし、信用のできる人柄です。……しかしルチル、今は自分の話をする時ではないでしょう」

軽く注意され、ルチルはハッとした様子で目の端に浮かんだ涙を拭う。

「申し訳ございません」

彼女は一礼し、そそくさとダンテの隣に戻った。

「そうだな。とにかく今は、この子達から話を聞くのが一番だ」

ジェラルドが言うと、二人の子どもは俯いたままビクリと肩を震わせたが、次の瞬間に少年の方が勢いよく顔を上げた。

「俺が宝石人だよ！　盗みをやろうと言ってやり方を考えたのも俺だ！　ラピスは、盗みは良くないと止めようとしたのに、他に方法がないって無理に付き合わせた！　俺だけ牢屋《ろうや》に入れろ！」

そう叫んだ暗灰色の髪と緑色の瞳をした少年の額には、ジェラルドと全く同じ、美しい宝石が輝いていた。

ラピスという名前らしい少女を守るように背中に隠し、こちらを睨む宝石人の少年を、クリスタは呆然《ぼうぜん》と眺める。

（やっぱり本当に、ジェラルド様の他にも宝石人が……）

ジェラルドが嘘などつくはずはないと思っているが、改めて他に宝石人がいると知り驚愕する。

もはや宝石人は生まれなくなり、伝説に等しい存在となったはず。だからこそ、ジェラルドが宝石人だと知った時は驚いたのだが……。

（でも……もしも宝石人の子が生まれたら、普通は存在をひた隠すわよね）

確かに今となっては、大昔のように宝石人は多く生まれていないだろう。

だが宝石人は昔から、稀有な美しさの宝石を持つが故に狙われ続けてきた。我が子を愛している両親のもとに生まれれば、身の危険を鑑みて存在を隠されてきたのではなかろうか？

辺境伯として十分な権力と財力を持つジェラルドの両親でさえ、幾ら護衛をつけようとも宝石人であれば危険は避けられないと判断し、息子の顔を長年仮面で覆って隠したくらいなのだ。

「ディアン……そんなの駄目だよ。こうなったのは全部、ディアンが私を助けようとして一緒に家から逃げ出してくれたからだもの。だから……私が罰を受けるべきなの」

泣きそうな震え声で、ラピスと呼ばれていた少女が、ディアンと呼んだ少年の肩越しに顔を出す。

改めて彼らの顔をよく見れば、やはりまだ十歳くらいの子どもだ。

また、隣国ウェネツィアは透けるような白い肌と金髪碧眼《へきがん》の美女が多いことでも有名だが、ラピスも澄んだ青い海のような瞳と金色の巻き毛を持つ美少女だ。

二人の服にも襟元と袖口にウェネツィアでよく見る刺繍《ししゅう》模様が入っているし、かの国の出身に間違いないだろう。

しかし、ラピスはきっと将来美人になると思う可愛らしい顔立ちだが、額に宝石はなかった。宝石人なのは、どうやらディアンだけのようだ。

（え？　宝石人の男の子が、この普通の子を助けようとして……？）

一瞬、頭がこんがらがった。

普通に考えれば、人々から狙われて助けを必要とするのは、宝石人たる少年の方ではないのだろうか？

チラリと横目で見ると、ジェラルドも意外そうな顔をしている。

「まぁ……とりあえずは落ち着いてくれ。君達を投獄する気ならとっくにそうしている。ここに来てもらったのは君達の事情を聴きたいからで、素直に話してくれれば悪いようにはしない」

ジェラルドは小さく咳払いをしてから、宥めるように穏やかな口調で言い、子ども達の向かいに腰を下ろした。

クリスタも促されて、ジェラルドの隣に座る。

「ではさっそくだが、君達の名はディアンとラピスで良いのかな？　家族と出身は？」

ジェラルドが切り出すと、またディアンの顔に強い警戒が浮かんだ。ラピスも泣きそうな、怯《おび》えきった顔をしている。

彼らの背後でダンテもルチルも、やや困ったような顔をしていた。

ダンテは幼い頃からジェラルドの面倒を兄のようによく見ていたそうだし、ルチルだって子どもが大好きな優しい子だ。きっとディアン達を、できる限り丁寧に連れてきただろう。

それでも彼らは完全に警戒しきっており、このままでは素直に答えてくれそうにない。

「……ねぇ、貴方達が芸で披露していたウェネツィアの数え歌は、私の異母妹《いもうと》もよく歌っていたのよ。とても懐かしかったわ」

押し黙ったままのディアンとラピスに、思い切ってクリスタは笑いかけた。

「え……」

いきなり話の方向を変えられて驚いたのか、ディアンとラピスは目を丸くする。

「でも、私は残念ながら、異母妹とあまり折り合いが良くなかったの。貴方達兄妹のように仲良く、演奏と歌を合わせたりできたら良かったのだけれど……」

クリスタの父が愛妾《あいしょう》にしていて、母の死後に娶った後妻は、ウェネツィアの小貴族出身だった。

そして継母の娘である異母妹が、両親の愛情を一身に受けてあの数え歌で遊んでいるのを、遠くから羨ましく眺めたものだ。

かつてはあまり思い出したくない嫌な記憶だったが、ジェラルドと幸せな時を過ごすうち、今はほんのり苦い思い出として苦笑しながら話せるようになった。

「私とディアンは兄妹じゃありません……小さい頃から、ずっと一緒にいたけれど……」

小さな声で答えたのは、意外にも気弱そうなラピスの方だった。

彼もラピスも、顔立ちはとても整っているけれど、髪も瞳の色も違うし全然似ていない。兄妹ではないのかもとは思ったが、とにかく会話の取っかかりを作るのに成功した。

「そうだったのね。でも、貴方達がとても親愛し合っているのは見ただけで伝わってくるわ。幼馴染か親戚なのかしら？」

まだ微かに震えながらも、ディアンの肩越しにじっとこちらを見つめる少女へ、クリスタはできるだけゆっくりした口調で問いかけた。

「あの、それは……私のお父様が……」

「ラピス。俺が話すから、無理をするな」

言いにくそうに口籠ったラピスを庇《かば》うように、ディアンが口を開いた。

彼はジェラルドとクリスタを交互に見ると、意を決したとばかりに深く息を吐き、上着の下から隠し持っていたらしい一冊の薄い絵本を取り出してテーブルに置く。

「その本は……」

ジェラルドが息を呑み、クリスタも絵本を凝視する。

テーブルに置かれた絵本は、ジェラルドの両親が昔に刷ったものではなく、半年前から大掛かりな印刷所で作ってもらったものだった。表紙の厚紙が違うのですぐに判る。

しかしどうやらこの絵本は、火災の危機を潜り抜けでもしたらしい。一部が黒焦げになり、表紙も煤《すす》で殆ど真っ黒になっていた。せっかく綺麗に印刷されていた表紙の絵も少ししか見えない。

「ひょっとしてだが……君達はこれを読んで、俺の領地に来たのか?」

ジェラルドが尋ねると、ディアンとラピスはコクリと頷いた。

「今まで、もう俺以外に宝石人はいないって聞かされていたんだ。でも、ラピスがこの本を手に入れて……」

ポツリポツリと、ディアンとラピスは、自分達の身の上を語り始めた。

二人はやはり隣国ウェネツィアで育ち、少し前にこちらへ逃げてきたのだという。

驚いたことに、ラピスは先日の茶会でも話題に上がった、ウェネツィアの大富豪コーラルの一人娘だというのだ。

「信じてもらえるかは分かりませんが、この遺髪入れに名前が彫ってあります。私を産んだ時に亡くなった、お母様の名をもらいました」

そう言って差し出された純金のロケットペンダントには、『ラピス・アメティスタ・コーラル』と細かな文字が彫られていた。

今や有名になったコーラル商会の情報は、こちらの国にもかなり届いており、クリスタもコーラルに一人娘がいると聞いた覚えがある。

また、富豪であるコーラルの後妻になりたいとすり寄る女性も多いのに、娘の母は亡き愛妻だけなので立派に嫁がせるまでは再婚を考えないという彼の態度も、いっそう世間の好感を集めていた。

だが……コーラルの本性は、善良で誠実な外面からは想像もつかないものだったらしい。

「お父様は、人前では優しいけれど、普段はとても怖いのです。機嫌が悪いと無茶な命令をしますし、少しの失敗も許さないので、屋敷の者は皆、お父様を怖がっていました」

ラピスはそう語り、いっそう悲しそうに眉を下げて、遺髪入れのペンダントに視線を落とした。

「私もお父様が怖かったし、お母様もそうだったみたいです。お母様が隠していた日記を見つけて読んだら、お父様から逃げたいと何度も書いてありました。……結婚だって、本当はしたくなかったみたいです」

「そうだったの……」

クリスタは呟き、コーラルに関する情報を頭の中で思い起こす。

確か、彼の亡き妻は評判の美人で、破産寸前の商家の娘だったらしい。

その商家が潰れるところを、下働きに雇われていた若きコーラルが辣腕で持ち直し、一人娘を妻にして店も正式に自分のもの——コーラル商会として買い取ったと聞く。

立身出世を絵に描いたような成功話だが、ラピスの話を聞く限り、コーラルの妻は決して幸せではなかったようだ。

実家を破産から救ってくれたといっても、店を丸ごと乗っ取られるように買い取られたのだ。これが好きな相手だったら本当に美談で済むが、嫌な相手なら地獄である。

だからラピスの母親は離縁したくても、頼る実家も行くあてもなく、夫に従うしかなかったのだろう。

「コホン……つまり君の母上は、コーラルに諸事情で無理やり嫁がされ、苦労したというわけか」

ジェラルドが少々気まずそうに咳払いをして、チラリとクリスタを見た。

彼がクリスタを娶った時も、実家への融資が条件に入っていたから、気になったのかもしれない。

しかし、ジェラルドの場合はあくまでもクリスタの継母から持ちかけられた話を呑んだわけで、自発的に仕組んだわけではない。

さらに、今ではこうして夫婦仲良く過ごしているのだから、全然違う。

彼にそっと微笑みかけると、ジェラルドがホッとしたように息を吐いた。

「……それで、君は父親に乱暴な振る舞いをされるのが嫌で、逃げてきたのかな？」

ジェラルドが尋ねると、ラピスが複雑そうな顔になった。

「それもありますけど……本当にお父様から逃げようと思ったのは、知らないお爺《じい》さんと結婚させられそうになったからです」

「ええっ⁉」

驚きのあまり、クリスタは思わず声を上げてしまった。

ウェネツィア国での成人は、十六歳と定められている。将来の婚約を幼いうちにすることはあっても、正式な結婚は成人してからというのが現代の常識だ。

そしてラピスはどう見ても、十歳になるかならないかの年齢である。

政略結婚で幼くして形だけ嫁ぐ女性も珍しくなかった時代ならともかく、その年齢で見知らぬ老人と結婚させるなど、現代の普通の親ならまずやらない。

「そのお爺さんは、子どもがいない貴族だそうです。昔からお父様は、私を貴族の家にお嫁にやりたがっていましたから……」

ラピスが俯き、小さな両手でスカートをぎゅっと握りしめる。

「だから私、学校には一度も行かないで、ずっと家庭教師の先生に習っていたんです。どうして、貴族の人と結婚するのがお父様やコーラル商会のためになるのかよく解らなかったけれど、そうしないといけないと言われて……お父様と一緒に貴族のパーティーに行く時しか、屋敷の外には行けませんでした」

「なるほど……」

ジェラルドが険しい顔で頷き、クリスタも嫌な気分になった。

平民のコーラルが貴族の仲間入りを果たすには、自身が再婚するか、娘を貴族に輿入《こしい》れさせて縁を繋ぐのが一番手っ取り早い。

困窮した没落貴族ならば、富裕な商人が後妻に迎えるのも簡単だろう。

だが、コーラルは幼いながらに美しい娘を使うほうが、より力のある貴族と繋がりを持てるとでも思ったようだ。

基礎教養から貴族作法まで教えるなら家庭教師をつけるのが一番だし、悪い虫がつかないようにと、勝手に屋敷の外に出るのも禁じられていたのか。

「……でも、私にはディアンがいたから、寂しくはなかったんです」

ラピスが顔を上げ、気を取り直すようにディアンを見て微笑んだ。

「俺も、ラピスが来てくれてから、毎日が楽しくなった」

ディアンも僅かながら強張らせていた表情を和らげ、ラピスとの出会いを話してくれた。

彼らの話を統合すると、こうだった。

――自由に外に出られないラピスにとって唯一の友人が、コーラルに密かに囚《とら》われていた宝石人のディアンだった。

ディアンの出生は、本人にも判らない。

コーラルは貧しい家庭から買い取ったと言ったそうだが、とにかく物心ついた時にはもう、屋敷の隠し部屋に閉じ込められていた。

ただ、自由こそなかったものの、不愛想な老婆に黙々と世話はされ、生きるのには困らなかった。

何しろ、宝石は五年に一度しか採れないのだ。

コーラルにすれば、ディアンが健康に長生きしてくれれば、それだけ多くの宝石を得られる。

また、宝石人を手元に置いていると周囲に知られれば、攫おうとする輩も出てくるはず。だからディアンの存在をひた隠し、上等な囚人のようにひっそりと幽閉していた。採れた宝石も、昔の発掘品として売れば問題ない。

しかし、世話係の老婆が何者なのかは知らなかったが、主のコーラルを裏切ろうとしたのは確かだ。

ディアンが七歳の頃、老婆から『自分の言うことを聞くなら近いうちに外に出してあげる』と言われた後、彼女は部屋を出ていったきり二度と姿を見せなかった。

そしてラピスは父親から、もう他人は信用できないとディアンの存在を教えられ、必要なものを届ける係に任命された。もちろん、必要以上には親しくするなとも釘《くぎ》を刺された。

しかしコーラルに誤算があったとすれば、我が子を大人しく従順なだけの娘と、侮ったことだろう。

それは他の大人も同じだった。

メイドはラピスの世話をさぼって放っておき、家庭教師も教本を読ませ宿題を指示するだけで、傍について見守ることもなかった。コーラルも用事がなければ、普段は娘と顔を合わせもしない。だから、ラピスが宿題をきちんと済ませて、メイドに押しつけられた掃除も完璧にこなしていれば、屋敷内で彼女が何をしているのか注意を払う者は皆無だったのだ。

初めて同じ年頃の相手と交流するようになった二人の子どもは、たちまち仲良くなっていった。ラピスが毎日こっそりとディアンのところに行って一緒に遊び、読み書きも知らなかった彼に勉強を教えていたのを、誰も気づかなかった。

ディアンは幼少期から金属を操る能力に非常に長《た》けていたのだが、ずっと昔にフォークを動かして遊んでいたら、世話係の老婆に怪我をさせそうになった。それで激怒されて一日食事抜きにされてから、彼女の前では能力を使わないようにしていた。

老婆もその一件でディアンが懲りたと思ったのか、以降は何も言わず、雇い主のコーラルにも金属操作の能力があることを話していなかったようだ。ひょっとして彼女はこの頃から、雇い主を裏切ってディアンを連れ出す計画を立てていたのかもしれない。

老婆がいなくなってからも、ディアンは仲良くなったラピスにだけ、この力を教えて一緒に遊んだ。

退屈しのぎにこっそりと金属を操って一人で遊び続けていたせいか、どんどん力は強くなり、色んなことができるようになっていた。

鉄パイプのベッドを馬のように動かしてラピスと乗って遊んだり、部屋の隅でガラクタに混ざって放置されていた甲冑を組み立てて、芝居やままごとをしたり……。

ディアンの足首には脱走防止のため、部屋の中だけ歩ける長さの鎖がついた鉄輪をつけられていたけれど、当然ながらその気になれば一瞬で外せた。

それどころか窓の鉄格子や錠だって、いつでも簡単に外せるが、ディアンは逃げたいと思わなかった。

五年ごとに生え変わる宝石をコーラルにあげるだけで、ラピスと一緒に楽しく暮らせるのなら、十分に幸せだったから。

しかし、数週間前の夜。冬が戻ってきたかと思うような寒い日のことだった。

珍しく朝食を持ってきて以降姿を見せなかったラピスが、思いつめた顔で、一冊の焼け焦げた絵本を持ってきた。

隣国の仮面伯爵が実は宝石人だったという大事件は、ウェネツィア国内でも大ニュースとなり、ディアンもラピスを通じて聞いていた。

その話を聞いた時、人々の欲望に晒されまいと仮面で長年顔を隠していたなど、やはり宝石人が外で生きていくのは大変なのだなと、どこか他人事のように考えていたのは確かだ。

ラピスが持ってきた絵本は、その仮面伯爵の両親が遺した宝石人の絵本で、今日屋敷に来た客にもらったそうだ。

コーラルは時々、ラピスを着飾らせて催し物へ連れていき仲良し父娘を演じていたが、屋敷で客に会わせるなんて聞いたのは初めてだ。

ラピスが引き合わされた客は初老のウェネツィア貴族で、彼の後妻になるように父親から言われたのだった。

老貴族は今まで子に恵まれず、それを理由に何度も離縁と再婚を繰り返していた。現在の妻を数年前に娶ったが、未だに懐妊しないので次の妻を探しているのだという。

それをいいことに、コーラルは好色な老貴族に、まだ年端も行かぬ娘を若い妻として迎えるよう提案したのだ。

「――お客様は、今の奥様を追い出したらすぐに私を妻にすると言っていました。お父様も、貴族の家に嫁げるなど、私には身に余る名誉だと嬉しそうでした」

ラピスが俯き、何かに耐えようとするようにスカートを握りしめた。

「でも、私は全然嬉しくなくて……お客様はニコニコしていたし、私を可愛いと言って頭を撫でたのですが、どうしても、すごく、気持ち悪くて……っ」

「あっ、無理に全部話さなくてもいいのよ。思い出したくないこともあるでしょうし……」

嗚咽《おえつ》交じりに言葉を詰まらせたラピスに、慌ててクリスタは声をかけた。

「っ……は、はい……大丈夫です。すぐに離れたら、お父様はお客様の気を悪くさせないよう、私を人見知りだと誤魔化したので、それ以上は撫でられませんでした」

クスンと鼻を啜ったラピスの手を、ディアンが気遣わしそうに握りしめる。

「ええと……それで、その時にお客様がくださったたくさんのお土産の中に、宝石人の絵本が入っていました。今、こちらの国で一番人気の本だと……ですが、お客様が帰ると、お父様はすぐに絵本を暖炉に投げ込んでしまったのです」

何度か深呼吸をして少し落ち着いたらしく、ラピスはまた訥々《とつとつ》と語り始めた。

先ほどまではディアンと交互に話していたが、客を迎えた場に彼はいなかったので、自然と彼女が説明していく。

コーラルが宝石人の絵本を焼き捨てようとしたのは、絵本を読んだ娘が囚われているディアンに下手な同情心を抱いては困ると思ったのかもしれない。

何しろ普段は娘に全く無関心だったから、ラピスは自分の理想通り、無感情にディアンの世話をしているだけと信じていたはずだ。

しかしラピスは父親の隙を見て、火傷をしつつも絵本が燃え出す前に火中から拾い上げた。

おかげで、表紙や端は無残に焦げてしまったが、内容は何とか読むことができた。

そしてラピスはディアンに、自分は近く後妻へ差し出されて会えなくなるので、今のうちにできる限りのことを教えたいと告げた。

ラピスがいなくなれば、ディアンにはまた別の世話係がつけられるだろうが、その人がひどい人の可能性もある。少なくとも、この屋敷の大人は信用できない人間ばかりだ。

それならいっそ、ディアンはこの国からも逃げて自由になる方が良いかもしれないと、ラピスは提案した。

宝石人の絵本は、普通の人間にとっては主人公が数々の苦難を乗り越えて真実の愛を掴む、温かくて道徳的な物語だ。

でも、宝石人の視点から考えて読めば、どんな時に狙われやすいか、どうやって逃げればいいかなど、数々の重要な助言が練り込まれている。生き延びる術《すべ》を学ぶ格好の教本でもあるのだ。

それに、父親のコーラルを見れば噂も完全にあてにはできないが、仮面伯爵――ジェラルド・ベルヴェルク辺境伯とその奥方は、とても慈悲深く優しい人達だと聞く。

少なくとも、こんな素晴らしい絵本を作っているのだから、同じ境遇のディアンが訪ねてもひどい扱いはしないだろうと思った。

ラピスは勝手な外出こそできないが、まがりなりにも主人の娘ということで、屋敷内は比較的自由に動ける。

門番の交代時間や人数に、山間の国境を越えるのに必要な通行書類の在り処《あか》……全て知っていた。

それに加えて、どんな鍵も簡単に開けられて他の金属も自在に操れるディアンの能力があれば、きっと逃げられるはずだ。

『ディアン、私はもうじき結婚してこの屋敷にいられなくなるの。だから最後に、貴方が逃げられるよう協力するわ。ここを出て隣の国まで行ったら、ベルヴェルク辺境伯に自分も宝石人だと明かして保護を求めるのよ。同じ宝石人の辺境伯なら、きっと助けてくれるわ』

ラピスは熱心にそう説いたが、ディアンは頷かなかった。

『一人ならどこでも不幸だけど、ラピスと一緒なら、どこに行っても幸せになれる』と、言って。

ラピスも逃げれば、娘を貴族に嫁がせるつもりだった父はいっそう血眼で捜しに来るし、例の老貴族さえ敵に回しかねない。

足手まといになりたくないと躊躇ったが、本心では自分もディアンと一緒に逃げたいのを見透かされていた。

そうして二人で逃げる時、例のよく遊んでいた飾り甲冑は非常に役に立った。

薄い鉄板でできている空の甲冑はディアンが動かせば大柄な男が入っているように見えるのに、折り曲げて鞄に入れれば子どもでも持てる重さだ。

屋敷で一番大きく丈夫な馬なら、空洞の甲冑騎士と子ども二人を乗せても、無理なく走れた。

それでも当然ながらすぐに追っ手がかかり、国境を越えてこちらの王都に辿《たど》り着いた時には、度重なる戦闘で鎧兜《よろいかぶと》はなくし、当面の資金にと持ち出していたラピスの宝飾品も落としてしまっていた。

しかも夜中に追っ手から逃げているのを目撃され、首無し騎士の騒ぎが起きてしまったのだった。

「……じゃあ、やっぱり王都で騒ぎになったのは貴方達で、子どもの誘拐事件とは無関係だったのね」

本当の幽霊などいなかったのだと、クリスタは少々ホッとして胸を撫で下ろした。

子どもの連続誘拐は二人が家出をするずっと前から始まっているし、そもそもこの子達がそんなことまでできるはずもなければ、する利点もない。

「っ！　あっ、あの、それは……」

ラピスがビクリと大きく肩を震わせ、見るからに青褪めた彼女を慌ててディアンが抱きしめた。

「騒がせたのは悪いと思うけど、俺達も逃げるので精一杯だったんだ。あの時はコーラル商会の奴《やつ》らに捕まる寸前で、本気でもう駄目かと思ったし……」

バツの悪くなった子どもが言い訳をするように、早口で訴えたディアンに、クリスタは微笑みかけた。

「二人とも、お互いを守ろうと頑張ったのよね」

心からそう思い、自然と口から零《こぼ》れた。

だがそれを聞いた瞬間、ラピスとディアンが大きく目を見開いた。二人の唇が戦慄き、両眼からボロボロと涙が零れ落ちる。

「え⁉」

「うわぁぁん！　お祭りで俺がやったこと、本当にごめんなさい！」

「馬が、王都からここに来るまでにどんどん弱ってきて……お金をなくしちゃったからお医者さんに見せられなくて……でも、関係ない人から泥棒なんて悪いことだったのに……ごめんなさい！」

ずっと張り詰めていた気持ちが、ふと綻んだのかもしれない。

どこか陰があり大人びていた二人が声を上げて泣く様子は、やっと年相応の子どもらしく見えた。

「うぅっ……ジェラルド様、奥様。お願いです、どうかこの子達を助けてあげて下さい！」

ルチルまでしゃくり上げて訴えた。

彼女は早くに両親を亡くし、兄と助け合ってきたというから、幼い身で必死に生きようとした二人に肩入れしてしまったのだろう。

「ダンテ」

ジェラルドがコホンと咳払いをし、ダンテに視線を向ける。

「あとは俺とクリスタで彼らと話すから、ルチルと下がってくれ」

「かしこまりました」

ダンテは一礼すると、素早くチェストからタオルを取り出して子ども達に顔を拭けるよう渡し、問答無用でルチルの手を引いて退室していった。

小さな音を立てて扉が閉まると、部屋の中にはラピスとディアンの嗚咽だけが響く。

クリスタはジェラルドと、二人が自然に泣きやむまで待った。心身共に限界だっただろう彼らには、心に溜《た》め込んでいたものを吐き出させた方が良い。

やがて泣き声は徐々に収まり、小さく鼻を啜ってディアンが顔を上げた。ラピスも泣き腫らした顔をタオルで拭い、おずおずとこちらを見る。

「……少しは落ち着けたかな？」

ジェラルドが尋ねると、二人はコクンと頷いた。

二人とも……特にディアンは、クリスタが入室した時には手負いの獣のごとく殺気立っていたのが、嘘のようにシュンとしょげかえっている。

先ほど懺悔《ざんげ》していた、宝飾品を盗もうとしたことを、心から悔いているのだと察せられた。

それからジェラルドが幾つか質問をすると、素直に二人は答えてくれた。

まず、コーラルの屋敷から逃げ出す時に色々と持ち出したことを別にすれば、宝石人の力で他人のものを盗もうとしたのは、本当に今日が初めてだったそうだ。

ピエロの格好は、道中に旅芸人の一座を見かけて変装に役立ちそうだと思いつき、予備の衣服と交換したのだという。

しかし、それからすぐに追っ手から逃げる時に宝飾品を落としてしまい、大道芸で何とか路銀を稼ぎつつ逃げていたものの、疲れ果ててベルヴェルク領に着いた時には馬もすっかり弱っていた。自分達を乗せて懸命に走り続けてきてくれた馬は、すでに大切な盟友だ。このまま何もせず見捨てるなんてできない。

街の噂で、領主のジェラルドは視察中でしばらく帰ってこないだろうとも聞くし、そもそも見ず知らずの子どもがいきなり訪ねても、会ってもらえるか分からない。

幾らディアンがジェラルドと同じ宝石人だとしても、血縁者でもなければ友人でもない。助ける義理などないどころか、コーラル商会との付き合いなどを考えて突き返される恐れもある。

一体なぜ、自分達は見知らぬ相手へ助けを求めようなんて、図々しくて呑気《のんき》な希望を抱いていたのか……？

疲れ切って絶望したディアンは、もう他の人間など信じられないと、ラピスに計画を打ち明けた。

そして大市場の日。自分の能力で大道芸をしつつ宝飾品を盗んでいたところを、偶然にもジェラルドと遭遇したのだった。

「……君達を発見した時、ダンテが馬を預かっていた宿にも連絡をつけている。疲労と栄養不足で弱っていたそうだから、こちらでしばらく預かって休養を取らせよう」

ジェラルドが言うと、二人は喜びと困惑の入り混じったような複雑な顔になった。

「でも、俺達はお金が……」

心配そうな声を、ジェラルドが手で遮った。

「もちろん、無料ではない。当面の間、君達を住み込みで雇うという条件でどうだろうか？」

「え⁉」

「それって……」

二人が大きく目を見開く。

「世の中に信頼できる人間が少ないのは同感で、この城はいつも人手不足だ。しかし、宝石人に深く関わる君達ならば安心して雇える。そして城で働く人間の身は、俺が責任持って守ろう」

「ジェラルド様……素敵なお考えですね！」

歓喜が湧き上がり、クリスタは手を打ち合わせた。

ジェラルドなら、子ども達を無償で助けるのは簡単なはずだ。でも、きちんと対価を提示することで、二人に後ろめたさを抱かせずに居場所と安全を提供できる。

「そういうことで、条件を呑む気はあるかな？　ちなみに仕事内容は多岐にわたるが、決して無理はさせないとも約束しよう」

ディアンとラピスは一瞬顔を見合わせた後、勢いよく長椅子から立ち上がった。

「宜しくお願いします！」

「一生懸命、働きます！」

ぴしっとお辞儀をして力いっぱい宣言した二人に、ジェラルドは微笑んで頷く。

そして呼び鈴を鳴らし、隣の部屋に控えていたダンテとルチルに子ども達を預けた。

彼らはすっかり安心したのか、うっすらと隈《くま》の浮いた目元はとても眠そうで、クリスタもホッとしてジェラルドと寝室に戻った。

「――クリスタのおかげで、あの子達が心を開いてくれた。ありがとう」

湯浴みを終えたジェラルドと寝台に並んで座るなり、優しく抱きしめられた。

「えっ……いえ、私はたいしたことなど……」

あたふたしていると、ジェラルドが抱きしめる手を少しだけ緩めて苦笑した。

「俺もまだまだだな。あの子達が辛《つら》そうだから、早く事情を打ち明けてくれたらと焦ってばかりで、まずは相手に寄り添う大切さを忘れていた」

彼の唇がそっと頬に触れ、そこを中心に顔が熱くなる。

「私は、ジェラルド様を十分に立派だと思っているので……貴方に褒められると嬉しいです」

素直な感想を口にしたが、やはり照れ臭い。

フフッと、ジェラルドと顔を見合わせて笑い合う。

しかしふと、彼の表情が真剣なものになった。

「それにしても、コーラルにつく黒い噂の真偽を、まさか彼の娘から聞くことになるとは……」

意外な言葉に驚き、思わず聞き返した。

「とても評判の良い慈善家と伺っておりましたが、そのような噂が以前からあったのですか？」

「ああ。ごく一部にだけ広まっている話だが、盗賊まがいの私兵も所有して後ろ暗い仕事に手を染めていると聞く。ただ確実な証拠は出ていないので、あくまでも噂の域に留まっているそうだ」

「そうだったのですか……」

クリスタはコーラルと直接会ったことはないが、子ども達が嘘を言っているようにはとても思えなかった。

「とにかく、今夜はもう休んだ方がいい。クリスタも昼の騒ぎで疲れているだろう」

そう言い、ジェラルドに抱き寄せられる。

しかし情熱的に押し倒されることはなく、ジェラルドは壊れ物でも扱うかのようにクリスタをそっと寝台に横たわらせ、自分も隣で横になる。

「おやすみ」

普段より少し低く小さな声で囁かれ、優しく頭を撫でられる。

彼の手がゆっくり髪を梳《す》く感触が、すぐ傍から伝わる体温が、とても心地よい。

しかし、心地よくて安心できているというのに、何とも言えない心苦しさを覚え、クリスタはそっと両手を握りしめた。

(あんなに小さな女の子まで、跡継ぎ目的で嫁げと言われるなんて……)

新たな宝石人の出現に驚いたのは確かだったが、今夜の話で最も心を抉《えぐ》られた話は意外にも、ラピスが家を出るきっかけの出来事だった。

大人の欲望に振り回される少女を痛ましいと思う反面、貴族の跡継ぎ問題の重要性を改めて突きつけられた思いだった。

子どもがいなくても幸せな夫婦は世の中にごまんといるが、貴族の家督問題は大きい。

実際、ラピスを欲した老貴族のように、妻との間になかなか子をもうけられずに離縁と再婚を繰り返す貴族も昔から珍しくはない。

先日の茶会でご婦人方へ言い返したように、ジェラルドが跡継ぎ目当てで他の女性を囲うなんてありえないと、今もちゃんと信じている。

しかし、未だにクリスタが懐妊しておらず、これから確実に懐妊できる保証がないのも事実だ。

子を授かるかは神のみぞ知るところだと、開き直ってどっしり構えたいのに不安になる。

ジェラルドが不誠実に他の女性を囲うかもなんてことではなく、この先ずっと子をなせないで、彼を悲しませてしまわないかという不安だ。

「……ジェラルド様」

耐え切れずに閉じていた目を開けると、すぐ傍に彼の優しい眼差《まなざ》しがあった。

「どうかしたのか？」

柔らかく包み込んでくれるような声に、ドクンと心臓が跳ねる。衝動的に、このモヤモヤした不安を残さず吐露してしまいたくなったが……。

「あ……いえ、特に何かというわけではなくて……今日は色々とあったせいか、少し不安定になっていたようです。……おやすみなさい」

できるだけ自然に見えるよう無理に微笑み、クリスタは素早く目を閉じた。

（私がどうしようもない愚痴を言っても、ジェラルド様は優しいからきっと慰めて下さるだろうなんて……そんなのは卑怯《ひきょう》な考えよね）

もし、クリスタが『このまま子を授かれないのではないかと不安で堪らない』と嘆いたら、ジェラルドは精一杯慰めて、不安に寄り添おうとしてくれるだろう。

しかしそれは結局のところ、何の解決にもならない。

『私はちゃんと、跡継ぎができないことに苦悩しています！』と、ジェラルドが責めてもいないことに対してむやみにアピールをすることで、自分が許された気になりたいだけだ。

（はぁ……こういうのを、面倒くさい女というのかしら）

どうしようもない自己嫌悪に陥る。

しかし、肉体的な疲労に加えて最愛の夫が傍にいてくれる安堵《あんど》は、そんな不安を上回って眠気を運んできた。

「ジェラルド様……わたし……本当は……」

無意識に自分がムニャムニャと不安な胸中を呟きかけているのにも気づかず、クリスタは眠りへいざなわれていった。


――クリスタ⁉　夢の中で何を言っていたんだ⁉　さっき思いつめた顔で、何を言いたかったんだ⁉

ジェラルドはグッスリと眠る愛妻の横で、バクバクと心臓を打ち鳴らしていた。

全身から冷や汗が噴き出て、顔から血の気が引いていく。

すやすやと寝息を立て始めた彼女を起こさぬよう身を起こし、寝台に腰をかけて頭を抱えた。

脳裏には先ほど、何か物言いたげにこちらを見つめたものの、諦めたようにふっと瞳を閉じた彼女の姿が焼きついている。

(思い出せ！　何か、心当たりは……っ！)

必死に己を叱咤《しった》し、クリスタを困らせるようなことをしていないか、記憶を振り返る。

クリスタは仕事に必要なものや使用人の福利厚生に予算は惜しまないが、自分のものには相変わらず、殆ど頓着がない。

私生活でもどうしても遠慮がちで、わがままどころか、ささやかな願いさえも水を向けなければ言わないくらいだ。

それでもジェラルドが何か贈れば嬉しそうに礼を言って大切に扱ってくれるし、大市場のデートに誘った時も大いに喜んでくれた。

（確かに、今日のトラブルは予想外すぎたが……）

正直に言えば、せっかくクリスタと外出をしたのに、満喫しきれなかったのは非常に残念だった。

だが今夜、警戒しきっていた子ども達へ親身に接する優しい彼女に、いっそう惚れ惚れした。

クリスタの性格からしてディアンとラピスを放っておけないだろうとは思ったし、帰城してからずっと落ち着かない雰囲気だったが、彼らを保護することに決まったらホッとしたようだった。

（……いや、待てよ）

ふと気がつき、もう一段階、血の気が引くのを感じた。

思い出したのだ。視察から帰った晩も、寝台で何かクリスタが言いたそうだったのを……。

（あの時と、さっきと、共通するのは…………夜の寝室⁉）

視察から戻った晩も、色々と話をしていたら、不意にクリスタが先ほどと同じような感じで表情を曇らせていた。

新聞の首無し騎士事件が気になっていただけと言ったので、それですんなり納得したのだが……

思えば、視察に出る少し前からも何度か、クリスタの様子が気になった時があった。

いずれも、上手くはぐらかされてしまっていたことに、今さら気づいた自分に嫌気が差す。

――ひょっとして、夜の生活に不満があるのだろうか？

誓って、彼女を愛して大切にしているつもりだ。

ただ、初夜で彼女を手ひどく扱った事実は、何をしようとも消えない。

クリスタは寛大にも、ジェラルドも誤解をしていたのだから許すと言ってくれた。

彼女は心が広く些細《ささい》なことを根に持つタイプではないが、あれを些細と片付けるのは、どう考えても無理がある。

普段は気にしないよう努めていても、あの時のように寝室で二人きりでいると、思い出して辛くなる時もあるのでは……？

不安が後から後から湧き出し、眩暈《めまい》がして息が苦しくなる。

「っ……」

よろよろとジェラルドは立ち上がり、窓枠に摑まる。

少しだけカーテンが開き、微かに差し込む青白い月光が寝台で眠るクリスタを照らした。

穏やかな寝息を立てているクリスタを見て、このまま何も気づかなかったことにしてしまいたいと、一瞬そんな欲求に駆られる。

だが、彼女が嫁いできたあの晩だって、噂に聞く悪女とまるで印象が違うと思ったのに、自分に都合の悪いことは考えないようにしてしまったのだ。

（……もう二度と、あんな過ちは犯したくない）

深いため息をつき、ジェラルドは静かに部屋を出た。

翌朝、目を覚ましたクリスタはまず、ジェラルドが隣にいないことに気づいた。

毎晩床を共にするようになってから、彼はよほど忙しい時でなければ、クリスタと一緒に朝を迎えるのが普通だった。

(何か、急用でもあったのかしら?)

珍しいと思っていると、寝室の扉がノックされた。

「おはようございます、奥様。入っても宜しいですか?」

扉越しに届いたのは、聞き慣れたルチルの声ではなく、少々緊張を孕んだ少女の声だった。

「え、ええ……どうぞ」

もしやと思いながら返事をすると、ニコニコしたルチルがラピスを伴って入ってきた。

ラピスは小さな身体にサイズがピッタリ合ったメイドのお仕着せをつけ、綺麗な金髪はルチルとお揃《そろ》いの左右に分けた三つ編みにしている。

「おはよう。昨夜はあれから、ゆっくり休めたかしら?」

クリスタの問いに、ラピスは白い頬を紅潮させて「はい。ルチルさんと一緒のお部屋になって、とても親切にしてもらっています」と、嬉しそうに答えた。

「良かったわね。ルチルなら安心して任せられるわ」

「子ども達は、ジェラルド様が知人の紹介で預かったということになりました。ディアンくんはダンテさんの助手になり、ラピスちゃんは本日から私と奥様付きになります」

「ふ、不束者《ふつつかもの》ですが、宜しくお願いします」

ペコリとお辞儀をしたルチルに、クリスタは微笑んで挨拶を返した。

「こちらこそ、宜しくね」

ラピスとディアンが、それぞれ事情を知っているメイドと執事のもとにつくなら、この城の生活も上手くやっていけるだろう。

一安心してクリスタは着替えと洗面を済ませ、朝食を取るべく食堂に入ったが……。

「ジェラルド様、おは……」

先に来ていたジェラルドに挨拶をしかけたところで、驚愕に思わず言葉が途切れた。

「あ、ああ……クリスタ。おはよう」

食堂の窓から差し込む気持ちの良い朝陽が、ジェラルドの顔につけられた銀色の仮面に反射して光る。

半年前にジェラルドが宝石人であると皆に公表してから、彼があの仮面をつけることは一度もなかった。少なくとも、クリスタは見たことがない。

一体、何があったのだろうか？

「……おはようございます」

すぐに聞きたい気持ちを堪え、とりあえず中途半端になってしまった挨拶をやり直して席に着く。

「クリスタ……この仮面だが……その、何というか……」

あからさまに疑問が顔に出ていたのだろう。クリスタが尋ねる前に、ジェラルドの方からやや焦った感じで切り出してきた。

「クリスタのおかげで、せっかくこの仮面をつけずに済むようになったのだが……諸事情で、またしばらく……それから当面は夜間も忙しくなるので、別室で休むことになると思う」

何とも歯切れの悪い調子で言い辛そうに伝えられ、クリスタは内心『ああ』と、納得した。

今朝もジェラルドが早く床からいなくなっていたのは、やはり急な事情ができたのだ。

タイミング的にその事情は、保護している子ども達を追ってくるだろうコーラル商会に関係するのかもしれない。

何しろ子ども達の語ったコーラルの本性は、話半分に聞いてもひどすぎる。

しかもクリスタだって噂だけで善人と思い込んでいたように、コーラルは外面を取り繕うのが上手で、後ろ暗い仕事をバレることなく長年続け、物騒な私兵も有しているという。

そんな強敵を相手に、ラピスとディアンを無事保護し続けるのは、とても大変なことだろう。

ジェラルドの後ろに控えているダンテも、さすが平然としてはいるものの、ややピリピリしているように感じる。

多感な少女時代に、実家で継母に散々虐げられた結果、他者の気配は敏感に察せられるようになっていた。

ただ、社交界に遅く出ても馴染めたのは、この空気を読む感覚が鍛えられていたおかげでもある

ので、そこだけは継母に感謝している。

もっとも、ジェラルドはクリスタを不快にさせまいと焦っているようだし、ダンテの微かに苛立った雰囲気も、こちらに向けられている様子ではない。

「承知しました。ジェラルド様。私にできることがあれば、何でも仰《おっしゃ》って下さい」

目まぐるしく思考を働かせた末、クリスタはその『諸事情』には触れず、無難な返答をした。

「ああ……いつも頼もしく思っている。ありがとう」

仮面で表情は判りづらいが、明らかにホッとした様子でジェラルドが頷いた。

二人の会話が一段落ついたのを見計らい、給仕メイドが二人に朝食を運んでくる。

ベルヴェルク城の料理長はとても腕が良く、油断すると、いつも食べすぎてしまいそうになるくらいだ。

しかし、本日の朝食も美味しいのに、なぜか味気なく感じる。

ほんの半年前までは、仮面をつけたジェラルドと同じように向き合って食事をし、最初はぎこちないながらも段々と楽しく会話を弾ませていたというのに。

ジェラルドは優しく話しかけてくれるが、何となく無理をしているようなぎこちなさがある。

やがて食事を終えると、ジェラルドはダンテを伴って執務室へ行き、クリスタも私室に戻った。

「奥様、お帰りなさいませ！」

私室に戻ると、ルチルとラピスは部屋の掃除を終えたところだったらしい。

塵《ちり》一つなく窓も綺麗に磨かれ、室内は完璧に整えられていた。

「お帰りなさいませ」

ラピスもルチルに倣ってお辞儀をする。その身のこなしは今朝も思ったけれど、とても優雅だ。貴族にも嫁げるようにと、実家で淑女教育も受けていたためだろう。

「ラピスちゃんはとても呑み込みが良くて、仕事の手際も素晴らしくいいんです。これならすぐに、私が教えることはなくなってしまいますね」

ルチルから満面の笑みで褒められ、ラピスが照れ臭そうに頬を赤らめた。

「お掃除や寝台の片付けなら、家でもある程度はやっていましたから」

そういえば、彼女は自分付きのメイドに仕事を押しつけられていたそうだから、元々慣れているのかもしれない。

「それでも貴女の年頃でここまで上手にできるなんてすごいわ。ねぇ、ルチル？」

「はい！　アンバーさんが辞めてからどうしようかと思っていましたが、他のメイド達も期待の新人だとラピスちゃんが入ってくれて大喜びです」

今にも小躍りしそうなほどに歓喜を溢れさせているルチルの隣に、今はもうこの場にいないどっしりと落ち着いた年配メイドの幻が見えるような気がした。

少し前まで、クリスタ付きのメイドはルチルの他にもう一人、アンバーというベテランのメイドがいた。

しかし彼女は、一人息子が鉱山への出稼ぎから戻り、長年の夢だった宿屋を夫婦で開くので、その手伝いをしたいと先日に退職したのだ。

長年働いた城にも愛着はあるが、嫁の腹には三人目の子がいるそうで、息子夫婦に頼まれて決断したのだという。

使用人達はもちろん、欠員が出ることでクリスタに不便をかけないようにと、率先してアンバーの抜けた穴を補おうとしてくれた。

宝石人のジェラルドを狙う輩が入り込まぬよう、城で働く者は少数に厳選している。もっとも、給金はとても高くて良い待遇を保証しているので不満は出ないが、それでも古参で腕利きメイドのアンバーが抜けたのは痛かった。

クリスタも実家が没落していた頃は、少ない使用人の手が回らない部分を手伝っていたからメイド達の苦労もよく解る。

自分には食堂まで付き添わなくて大丈夫だとか、懸命に皆の負担を減らすようにしていたが、なるべく早く信頼の置ける人員を見つけたいと思っていたのだ。

ルチルは城で最年少だったので、ラピスは初めての後輩となる。素直なラピスをすっかり気に入ったのか、まるで妹ができたかのように可愛がっているのが傍目《はため》からも伝わってくるほどだ。

「奥様。お手紙が届いております」

微笑ましい彼女達の姿を見ていると、私室の扉がノックされて侍従長の声が聞こえた。

返事をすると侍従長が入ってきて、銀盆に載せた一通の手紙を差し出す。

「まぁ、アンバーからだわ！」

懐かしい筆跡に、クリスタは歓喜の声を上げた。

「彼女の息子夫婦の宿は、とても評判が良いと耳にしております。お手紙もきっと良い知らせでしょう」

アンバーと同世代である古参の侍従長は、懐かしそうに目を細めたが、すぐに姿勢を正した。

「奥様。旦那様からのお言伝です。手紙を読んでからで良いので、執務室に来て頂きたいと仰っておりました」

「ジェラルド様が？　それではお言葉に甘えて、先に手紙を読んでから伺うわ」

今朝の食堂では、いつもなら行う執務手伝いについての話もなく、微妙にギクシャクした雰囲気のまま別れてしまったが、やはり彼は本当に忙しかったのだろう。

侍従長が退室し、クリスタはペーパーナイフで手紙の封を切る。

『ご無沙汰しております。奥様……』

丁寧な字で綴《つづ》られた手紙の内容は、息子の嫁が無事に三人目の子を産んで肥立ちも良く、今は育児と稼業でてんてこ舞いながらも楽しい生活を送っているという吉報だった。

「元気な男の子で、アセロと名づけも無事に終わったそうよ。アンバーとご家族が幸せそうで本当に良かった」

傍に控えていたルチルとラピスにも、クリスタは手紙の内容を伝える。

「アセロ《鋼》ですか。肝っ玉なアンバーさんの孫ですし、すごく強い子になりそうですね」

ルチルが愉快そうに笑った。クリスタもそうだが、この国や隣国ウェネツィアでは、鉱物や宝石の名を子どもにつけることが多い。

「私はアンバーさんにお会いしたことはないのですが、こちらの使用人の皆さんから話を聞いただけでも、とても頼もしくて慕われていたのがよく解りました」

「そうなの。私もここへ嫁いできた時には、アンバーによく助けられたわ。もちろん、ルチルにもね」

ここに来てからの思い出が、頭の中に一気に蘇《よみがえ》る。

まだ何年も経ったわけではないのに、本当に色々なことが起きて、とても懐かしい気分だ。

仮面伯爵に嫁ぐと決まった時には、絶望に打ちひしがれてこの城へやってきたはずが、こんなにも人生が変わるなんて思いもしなかった。

「さっそく、アンバーのお孫さんに出産祝いを贈らなくてはね。ええと……」

何が良いだろうかと考えたところで、不意に頭が真っ白になった。

貴族の付き合いは、山ほどの贈り物合戦だ。

誕生祝いに結婚祝い、昇進祝いに、熟年夫婦の結婚記念日の祝い……もちろん、出産祝いだって何度も手配をした。

「……奥様？」

ルチルに声をかけられ、クリスタはハッとする。

いつのまにか虚空を見つめ、脳裏に浮かんだ幻を見ていた。

アンバーの手紙に書かれていたように、自分が無事に出産をして皆に祝福されている、空虚で幸せな妄想だ。

今まで付き合いのある貴族から出産報告を受けたり、命名式や誕生会に招待を受けても、喜ばしいことだと思いつつ、どこか淡々と割り切れていたのに……。

きっと、表面だけの付き合いではない、本当に親愛を寄せているアンバーからの知らせだったから、深く実感してしまったのだ。

当然ながら、アンバーが悪いとか、彼女の息子の妻が妬ましいなんて気持ちは微塵もない。

ただ、自分は望んでいても、まだできない。それが心に痛く刺さった。

勉強も仕事も必死に努力をすれば、苦労はあっても望む結果を出せた。でも、自分ではどうしようもないことも世の中にはある。

それこそ、ジェラルドが望んでもいないのに宝石人に生まれてしまったように、やり場のない憤りは胸の内に燻《くすぶ》り続ける。

「あ……ジェラルド様にも呼ばれていることだし、お祝いの品はそちらの用件が終わってから、じっくり考えたいと思うの。良ければ貴女達も、何がいいか思いついたら教えてくれないかしら？」

複雑な心境を押し殺して笑顔で言うと、ルチルとラピスは張り切った様子で「はい！」と答えた。

「では、ジェラルド様のところに行ってくるわね」

そそくさとクリスタは部屋を出て、廊下に誰もいないのを確認してから大きくため息をついた。

（ここでは、早く懐妊しないからと私を責める人なんて誰もいないのに……）

変に焦って、ちょっとしたことで神経質になってしまうのは、なぜだろうか？

廊下をトボトボと歩きながら考え込んでいるうちに「あっ」と、クリスタは小さく声を上げた。

――私を責めて焦らせているのは、他ならぬ私自身だわ。

気づいたところでこういう拗《こじ》れた心の問題を、すぐにすっぱり割り切るのは難しいかもしれない。

でも、気がつけただけでも大きな一歩だ。

ほんの少し足取りが軽くなり、クリスタは執務室の扉をノックした。


「――奥様っ！　おはよーございまぁす!!」

クリスタが執務室に入るなり、元気の良い少年の声が響いた。

呆気に取られてそちらを見ると、執事見習いの服を着たディアンが、ダンテの隣でビシッと直立不動をしている。

昨日は顔の半分くらいまで覆うほど長かった前髪はすっきりと短くなり、香油できちんとセットされている。

そして宝石がある額の中央部分は、さりげなく前髪で隠しているものの、なぜかあの稀有な眩《まばゆ》い輝きが見えないのだ。

（あら……？）

これはどういう手品だろうかと目を瞬かせていると、ダンテが優雅にお辞儀をした。

「奥様。未熟な見習いが、大変失礼いたしました」

そう言うと彼はすっと表情を消し、ディアンに視線を向ける。

「ディアン、やり直しです。挨拶は基本中の基本。ほどよい音量と、正しい発音を守るよう、教えたばかりでしょう。お辞儀も忘れていましたね」

ダンテの声は穏やかだが、目は全く笑っておらず、無言の圧がこちらまでヒシヒシと伝わる。

「っ……奥様、おはようございます」

ディアンは一瞬悔しそうながらも、さっと表情を引き締めて、丁重にやり直した。彼も根はラピスと同じく、素直でいい子なのだろう。

「おはよう。そのお仕着せ、とてもよく似合っているわ」

クリスタは小さなディアンのお仕着せをよく見るように身を屈め、素早く彼に耳打ちした。

「ダンテさんは、見所のある相手には厳しいのよ」

小声で囁いたのだが、地獄耳のダンテにはちゃんと聞こえていたのかもしれない。

有能執事はやや気まずそうにコホンと咳払いをしたものの、特に気を悪くした様子はなかった。

「クリスタ、急に呼んですまない」

執務用の椅子から立ち上がったジェラルドは、ここでもやはり仮面をつけたままだった。

「いいえ。何かあったのですか?」

「ああ。ディアンを見れば解るだろうが……」

ジェラルドが言うと、ディアンは額にかかる前髪をさっとかき上げてみせた。

「あら……これは?」

よく見ればディアンの額には彼の肌に合わせた色の塗料が塗られ、宝石がある肌色の部分は微かに隆起している。

それでも彼が宝石人だと知らなければ、せいぜいニキビができかけているとでも思われてしまいそうな、完璧なカモフラージュだった。

「昨日、ディアン達が顔に塗っていた白粉を着色したものだ。かなり上等なものだから身体に悪影響もなく、水にでも入らない限り一日程度なら落ちる心配もない……と、ダンテが調べてくれた」

部下の手柄はきちんと公に評価するのも、ジェラルドの良いところだ。

「ケースから、開発されたばかりの魔鉱石の粉末を入れた高級の白粉だと判ったので分析は簡単でした。元は気の早いコーラルがラピスの輿入れにと用意した品で、変装にでも役立つかもしれないとたまたま持ち出してきたそうです。結果的に、その判断は大正解でしたね」

あの夜中の話し合いの後、さらに白粉の分析をするなど休む時間もろくになかっただろうに、ダンテは疲れなど微塵も見せず、淡々と語る。

「すごいですね。ディアンから宝石が消えたのかと思って、驚きました」

クリスタが感嘆の声を上げると、ジェラルドもダンテも満足そうだった。

「過去に化粧品で隠せないか試したことはあったが、どうしても宝石の光が透けて上手く隠せなかったんだ。だが、クリスタにまで消えて見えたのなら、まず大丈夫だろう」

「ええ。奥様はなかなかに観察眼の鋭い方ですからね」

この城の使用人は信頼の置ける人間ばかりとはいえ、出入りの業者などに、うっかりディアンが宝石人だと知られる可能性もある。

そして子どもの宝石人がここにいると情報が洩れれば、すぐにコーラルの耳に入り、連れ戻しに来るはずだ。

「さっそく、この白粉を怪しまれない程度に多く買っておこう。一時的にでも宝石を隠せるこの手段は、宝石人にとって僥倖《ぎょうこう》だ。俺も今後何かしらで助けられるかもしれない」

嬉しそうにジェラルドが言い、ダンテも微笑んだ。

「かしこまりました。すぐに手配いたします」

二人が喜ぶのも無理はない、大発見だ。

「本当にすごい発見だわ。教えてくれてありがとう、ディアン」

しかしクリスタが礼を言うと、なぜかディアンは困惑顔になって呟いた。

「でも、この白粉じゃなくても……」

「白粉が？　何か困ったことがあるのなら、遠慮なく言ってちょうだい」

どれだけ上等な白粉だろうと、肌に合わなければ痛みや痒《かゆ》みが出て、ひどい炎症を引き起こす結果にもなる。

だが、クリスタの問いにディアンはさらに困惑を増した様子で、首を横に振った。

「俺は、ただ……ジェラルド様はもう仮面を被《かぶ》らなくても、自分の宝石を人目から隠す方法を知っていると思っていたので……」

言い辛そうな様子で彼が口にした言葉に、しんと執務室が静まり返った。

「えっ、あ……俺には教えられないなら、二度と聞きません！　罰が必要なら受けます！　だから、ラピスだけは絶対に追い出さないで下さい！」

気まずい空気に狼狽えるディアンへ、ジェラルドが言い辛そうに口を開いた。

「罰など与える気はない。君は、俺がクリスタという素晴らしい妻を得たことだけではなく、その気になれば宝石人でなくなる手段を知ったから、自分を宝石人だと公表して素顔を露わにできたのだと……そんな噂を聞いたのではないか？」

「はい。ラピスがジェラルド様を頼るように勧めたのも、土産で絵本を渡された時、老貴族がコーラルにその話をしていたのを聞いたからです」

ディアンはそこで言葉を切り、少し思案顔になって続けた。

「でも、ラピスに求婚した老貴族は、コーラルが宝石人の俺を隠し持っていたなんて知らないはずなので、単に旅の土産話をしただけと思います」

「やはりな……本当にすまない。その噂は、俺が流した嘘なんだ」

苦しそうなジェラルドの声に、クリスタも心苦しくて堪らず唇を噛んだ。

「はぁっ⁉　ジェラルド様の流した嘘⁉　で、でも……何でそんなことを⁉」

大きく目を見開いたディアンは、丁寧な言葉使いも忘れて叫んだが、今ばかりはダンテも目くじらを立てなかった。

表情を大きく崩さないものの、ダンテもディアンに気遣わしげな視線を向けている。彼は厳しいところもあるが、本当はとても面倒見が良いお兄さん気質なのだ。

ジェラルドが息を吐き、悲しそうに眉を下げた。

「世の中に信用できる人間は少ないと、昨夜に言っただろう？　俺が顔を隠していた理由を聞き、表向きは同情をしてみせても、つけ狙ってきた者はこの半年ですでに何人もいたんだ」

「え……」

「そこで『俺はいざとなれば宝石人でなくなる方法を知ったが、自身の利益のためにまだ宝石が採れるようにしている』と噂を流したところ、パッタリと襲撃がなくなった。もっとも、いずれ噂が嘘ではないかと見抜かれてしまうだろうが、その時はまた次の手を考える」

「……」

黙りこくってしまったディアンに向け、ジェラルドが胸に手を当てて謝罪の礼を執った。

「言い訳になってしまうが、俺の他にもまだ宝石人がいるとは思っていなかった。君達には期待だけさせて失望を与える結果になってしまい、本当にすまない」

「謝らないで下さい。俺はむしろ、あの噂が嘘で良かったと思います」

しかし意外にも、ディアンはさっぱりした声で元気よく答えた。

「は？」

キョトンとしたジェラルドを前に、ディアンは少し困ったように笑い、頭をかいた。

「だって俺なら、自分の大切な人と安全に暮らすのに宝石が邪魔なら、すぐになくす方を選ぶ。ジェラルド様は優しそうだと思ったけど、お金のためにギリギリまで危険な宝石を残すなら、俺とラピスを保護したのも宝石目当てなのかなって……本当は、さっきまで完全に信用できなかったんです」

「そうか、妙な誤解をさせてしまったな」

ジェラルドも苦笑して頷く。

大抵の人なら、高価な宝石をなるべく多く資産にしたいのは自然と考えるだろうが、同じ宝石人でなおかつ宝石のために囚われていたディアンにしてみれば、危険より欲を取る愚行に思えたのかもしれない。

「でもその嘘を広めてくれたおかげで、俺とラピスはこうしてジェラルド様のところに来ることができた。……改めて、これから精一杯お仕えします！」

高らかに宣言し、ディアンがピシッと敬礼をした。

先ほども彼は、昨日のことが嘘のように大人しかったけれど、明らかに心を許した気配があり、クリスタは胸が温かくなる。

「こちらこそ、改めて宜しく頼む」

ジェラルドがそう微笑み、不意に片手でクリスタを示した。

「信頼してもらえた礼に、本当のことを教えよう。俺が宝石を狙われて降りかかる災厄を全て防げたのは、クリスタのおかげだ。いつも彼女が寄り添って力になってくれているからな」

「っ！」

かぁぁと、血が上って頬が赤らむのを感じた。

ジェラルドの秘密を公言した者として、また彼を愛する妻として、その身を守るのは当然のことだと思っているけれど、こうして堂々と他人に向けて言われると、案外照れ臭い。

「だから、ディアン。君とラピスが庇い合っているのを見て嬉しかった。俺ももちろん力を貸すが、君達はすでに一番心強い武器を手に入れている。まだ幼いのに、二人で知恵を絞ってここまで逃げられたのは、互いを信頼し大切にしているからだ」

穏やかな声でジェラルドが言うと、ディアンは唇をギュッと嚙み、目の端を素早く拭った。

「……執事たるもの、常に冷静でなくては。主人の前でそのようなしかめ面してはいけませんよ」

ダンテがポンとディアンの肩を叩《たた》いて注意したが、その目はとても優しい。

心温まる光景に癒されたのか、クリスタもここに来るまでの重苦しい気持ちが楽になってきた。

(生きていれば誰でも多かれ少なかれ、苦労や悩みに翻弄される時があるわよね)

他人が苦労や悩みを抱えていたって、自分の問題が軽くなるわけではない。それでも幸い、今の自分は周囲の人間に恵まれている。いざとなれば頼れて、助けてくれる大切な人がいる。

(幾ら悩んだって、大丈夫。私は一人じゃない)

クリスタは己に言い聞かせた。しっかりと。


(——やはり、仮面をつけていて正解だった……)

いつも通り、執務手伝いに関する話を少ししてクリスタが執務室を出ていくと、ジェラルドは机に突っ伏してハァァ……と深いため息をついた。

「ジェラルド様、具合でも悪いんですか？」

「いや……」

ディアンから心配そうに声をかけられ、情けない気分で頭《かぶり》を振る。『気にしないでくれ』と続けようとしたが、ダンテの冷たい声に遮られた。

「単なるジェラルド様の癖なので、気にしなくて大丈夫ですよ」

――俺に変な癖があるような言い方はやめてくれ、鬼執事！

ギロリと仮面越しに視線で抗議をしたものの、ダンテの冷ややかな視線があまりに痛くて、秒で目を逸《そ》らす結果になった。

昨夜、クリスタが夫婦の営みに不満を抱えているのではと不安になって、寝室をこっそり逃げ出したものの、ほぼ一睡もできなかった。

悩みすぎたせいか、仮面に隠れている眼の下には濃い隈がくっきり浮き出ている。

こんなひどい顔を彼女に見せたくなかったのもあるが、クリスタと顔を合わせれば、動揺や焦りを表情に出さない自信がなかった。

そして、あれほど鬱陶しくて嫌だった仮面を、今度は宝石人に関係のない保身で、またつける羽目になったのだ。

不思議なもので、感情の出やすい目元が隠れているだけで、少しは心の動揺を抑えられる。

案の定、クリスタには食堂で怪訝《けげん》な顔をされてしまったが、必死に誤魔化したら深くは聞かないでくれた。

しかし、この鬼……いや、ダンテが中途半端な追及で許してくれるはずもない。

食堂でのややぎこちないクリスタへの態度などから、また何かやらかしたのかと詰め寄られ、渋々と全てを白状したのだった。

「……ディアン。次は台所に行って、銀食器磨きを習ってきて下さい。それが終わったら早めの昼休憩にして結構です。初日から頑張りすぎては持ちませんからね」

不意にダンテが、ディアンに向けてニコリと微笑んだ。

一見は優しく思いやりに溢れているようだが、ジェラルドにチラリと向けた氷のごとき視線が、全てを物語っている。

腑抜《ふぬ》けている主人を二人きりで遠慮なくしごくため、ディアンに席を外させようという魂胆だ。

「はい！　ありがとうございます」

そんなことは微塵も知らないディアンは、ハキハキと挨拶をして執務室を出ていく。

パタンと扉が閉まるなり、ダンテが「さて」と、低い声を放つ。

「落ち込むのは勝手ですが、執務に支障が出ては困ります。奥様に不満を抱かれているかもしれないのが怖いのなら、なおさらに気をつけなければ。奥様がせっせと執務をお手伝い下さっているのに、情けない姿を晒して余計に幻滅されるおつもりですか？」

「そっ、そんなことは絶対にしない！」

大慌てで姿勢を正し、執務用のペンを手に取る。

実際、クリスタはこちらが時々心配になるくらい、熱心に執務を手伝ってくれる。先日だって、いつもなら長期視察の後は仕事が山積みでげんなりするのに、帰ったら全て片付いていた。

これでジェラルドの執務が滞ったりしたら、優しい彼女は、もっと手伝おうなんて言い出しかねない。

（本当に、ダンテの言う通りだな。このまま落ち込んでばかりでは、クリスタにますます顔向けできなくなる）

カリカリとペンを動かし、心の中で己を叱咤する。

ディアンとラピスの話によれば、コーラルという人物は噂で聞く以上に危険な人物のようだ。

二人がこの国に逃げ込んだことまでバレているのだから、城で保護していても、いずれコーラルに嗅ぎつけられるだろう。

その時のために、執務はなるべく短時間で済ませ、敵の情報を仕入れる時間に費やさなければいけない。

今はとにかく、目の前の執務に集中しよう。

ジェラルドは重苦しい気持ちを押し殺し、一心不乱に書類仕事に取り組み始めた。

4　被害者家族と加害者家族

大市場から半月が経った。夏の盛りを迎えた空は雲一つなく、太陽が強い陽射しを放っている。

クリスタは日傘で陽光を防ぎつつ、馬車止めまで見送ってくれた孤児院の院長に、別れの挨拶をした。

今日はルチルとラピスを伴い、領地にある孤児院の一つへ慰問に訪れたのだ。

「本日はご足労ありがとうございました。領主夫人が熱心に慰問をなさって下さるので、子ども達も大喜びです」

年配の女性院長が、丁重に頭を下げた。

ここは修道院が管理しており、院長を始めとして職員全てが女性だ。

受け入れる子どもは男女を問わないが、十歳未満の子が殆どである。昔からの習慣で、身寄りがない場合は早く手に職をつけるよう、十二歳前後でメイドや職人の住み込み見習いに出るからだ。

ただ、ジェラルドや彼の亡き両親も、孤児だからという理由で選択肢を狭めたくないと、学業が優秀な子には奨学金を補助しており、見習い先の職場環境にも気を遣っている。

クリスタは以前にも何度かここへ慰問に来たが、厳しさと優しさをほどよく併せ持った院長は、いつ見ても子ども達から祖母のように慕われていた。

「こちらこそ、子ども達の元気な姿を見ることができて、とても嬉しかったですわ。また伺わせて頂きますが、何か困ったことがありましたらすぐに……」

城へ連絡をくれたと、クリスタが続けようとした時、背後から悲痛な女性の声が響いた。

「私は怪しい者なんかじゃないわ！　クリスタ様に会わせて欲しいだけで……っ！」

驚いて振り返ると、粗末な身なりをした女性が、押し留めようとする修道女二人に両脇を摑まれ、揉み合っている。

「困ります！　領主夫人とお約束もないのに、急にこちらで引き合わせるわけにはいきません」

「何かご事情があるのでしたら、まずは私どもで話を聞きますから」

懸命に諭そうとする修道女達に、女性は髪を振り乱して抗《あらが》う。

「お願いだから、少しだけでもクリスタ様とお話をさせて！」

喉が張り裂けるのではと思うような、切羽詰まった悲鳴じみた声は、なおも続いた。

「ミカが……私の息子が、宝石人の絵本をもらえると言って出かけたきり、帰ってこないのよ！」

大声で叫ばれた内容に、クリスタは瞠目《どうもく》した。

――ジェラルド様の、あの宝石人の絵本？

「奥様……差し出がましいようですが、まずは私が事情を聞いてきましょうか？」

女性とクリスタを交互に眺め、ルチルがそっと申し出てくれた。

こういう状況でクリスタが無関心になりきれない性格を、さすがルチルはよく知っている。だが、どう見ても錯乱気味の相手に主人を接触させるのは危険だと判断したのだろう。

彼女の気遣いは嬉しかったが、女性は武器を持っている様子もない。何より、大声で喚《わめ》いているのを聞きつけた子ども達が、不安そうな顔で集まりつつある。なるべく早く女性を落ち着かせたい。

「大丈夫。彼女は私を訪ねてきたようだし、直接話を聞きたいわ」

「しかし、あの方は随分と興奮しているようですし……」

院長も心配そうだったが、クリスタも非力なままでなく、ジェラルドを守る決意を固めてからは護身術だって熱心に習っている。クリスタはなおも修道女を振りほどこうともがいている女性の方へ、歩いていった。

小石を敷き詰めた道は足音が大きく立ち、近寄ってくるクリスタに気づいたらしい女性は、ピタリと動きを止めてこちらを凝視する。

「初めまして。私がクリスタです。私にお話があると聞こえましたが、どのような用件でしょうか?」

できる限り相手を刺激しないよう、ゆっくりと言葉を紡ぐと、女性がわなわなと唇を震わせた。

隣にいたルチルが、警戒する猫のように、さっと顔の前で左右の拳を握りしめたが、女性はそのままへタリと小道に膝をついた。

よく見れば、女性の足は傷だらけで服も随分と汚れている。遠いところから歩き詰めたような姿だ。

涙にべったり濡れた顔が、クリスタを見上げる。

「貴女が、クリスタ様……私、私……もう、どうしたらいいのか分からなくて……っ！　貴女は宝石人の領主様の奥様ですし、子爵令嬢の頃からとても優しいお方だと聞いて……お願いします！　息子を助けて下さい！」

「あ、あの……私にできることなら、貴女の悩みの力になりたいけれど、ひとまず落ち着きましょう。ね？」

嗚咽を漏らす女性を懸命に宥めていると、院長も屈み込んで彼女に手を差し出した。

「随分とお疲れのようですね。領主夫人さえ宜しければ、応接室でお話をなされてはと思うのですが、如何でしょう？」

「ええ。そのようにお願いします」

これ以上、外で騒いで子ども達を動揺させたくない。院長の申し出に、ありがたく頷いた。

「う、うぅ……あ、ありがとうございます……」

女性はひび割れた唇を動かして呟き、院長に支えられながら、よろよろと立ち上がる。

そしてクリスタは御者にもう少し待っていてくれるよう頼み、ルチルとラピスを伴って孤児院の応接室へと逆戻りした。


「――では、行方不明になった貴女の息子さんは、ベルヴェルク家の使いに絵本をもらうと言って、姿を消したのね？」

応接室で女性と向き合って座ったクリスタは、信じられない気分で聞き返した。

「はい……。近頃は子どもの連続誘拐が起きて物騒ですから、まだ六歳の息子を一人で行かせたくはなかったのですが、二人きりの家庭ではどうしても……」

俯いてスカートの膝を握りしめた女性が、ボソボソと答える。

――彼女の話を要約すると、こうだった。

夫と死別した彼女は、一人息子を抱えて王都の下町で母子二人きり、慎《つつ》ましい生活を送っていた。

ところが数日前、勤めている食堂の店先を、息子が大急ぎで駆けていくのが見えた。

いつも遊んでいる友人も傍におらず、一人で遠くまで行くなと声をかけたが『すぐに戻るよ！ベルヴェルク領主様の使いが、貧しい子に無料で宝石人の絵本を配ってくれるんだって！』と、息子は言いながら駆けていってしまい……それきり戻らなかった。

仕事を終えて帰宅した彼女は、暗くなっても帰ってこない息子を捜しに行ったが、一向に見つからない。

もしや、最近騒ぎになっている子どもの連続誘拐に遭ったのではと、近場の警備隊詰め所にも報告した。

だが『ベルヴェルク家と本当に関係があるのかも分からないのに、貴族の家名を出してむやみに騒ぐのは良くない』『気持ちは解るが、上には報告をしておくので待ってくれ』と諭された。

それで自分でも捜しつつ連絡を待ったが二日経っても何の情報もなく、痺れを切らした彼女は、こうなればベルヴェルク家を直接に訪ねて聞こうと決心した。

王都からベルヴェルク領まで、馬車や馬なら数時間で行けるが、そんな金銭的余裕はなかった彼女は、数日徹夜で子どもを捜した後にもかかわらず、歩いてここまでやってきたのだという。

そしてベルヴェルク領の街に辿り着き、城に向かおうとしたが、今日はクリスタが街の孤児院を慰問しているという話を偶然に聞き、まずこちらに向かうことにした。

領主のジェラルドではなくクリスタを訪ねる方を選んだのは、宝石人の話が広まる以前から良い評判を耳にしていたからだという。

クリスタは破産しかけた実家を立て直そうと、農畜産物を卸す工房や店に自ら出向く、気取らない働き者で優しい人だと聞いていた。

そんな貴族女性なら、いきなり訪ねてきた庶民が相手でも、必死に説明すれば話を聞いてくれるかもしれない……。

そう思い、急いで慰問先に来たのだが、領主夫人はもう帰るところだし紹介状もないのなら安易に会わせられないと修道女に言われてしまい、焦りが募りすぎてつい取り乱してしまったのだった。

「……みっともない姿をお見せして、恥ずかしいです」

話し終えると女性は、深々と頭を下げた。

「お子さんが大切だからこそ、平静でいられなくなったのも当然ですわ」

憔悴《しょうすい》しきっている様子の女性に、クリスタは慌てて慰めの言葉をかける。

しかし、頭の中は疑問でいっぱいだった。

現在、ベルヴェルク家で行っている慰問や寄付などの慈善活動は、クリスタも全て把握している。

例の絵本を孤児院や診療所に寄付することはあったが、売り上げの寄付もしたいので、街頭でむやみに配るなんてしていないはずだ。

（これは……ベルヴェルク家の名を悪事に使われたということ？）

単に、子どもが飛びつきそうな話題の絵本だからという理由でたまたま名前を使ったのかもしれないが、薄気味悪い。

「お話は解りました。残念ながら私の知る限り、絵本は施設に寄付をしても配ってはおりません。おそらく、誰かが我が家の名を騙《かた》ったのではないでしょうか」

クリスタが答えると、女性はガックリと肩を落とした。

「そう……ですか……」

彼女とて、本当にベルヴェルク家が誘拐に関っていると思っていたのなら、面と向かって尋ねるなどしないはず。それでも、何か少しでも手がかりを聞けないか、藁《わら》にも縋《すが》る思いでやってきたのだろう。

「しかし、家名を騙られて悪事を働かれたのであれば、ベルヴェルク家にとっても大事件です。できる限りの手を尽くして、お子さんの捜索に協力させて頂きますわ」

家名を汚されるのは、貴族にとって重要問題だ。

だからこそ王都の警備兵も、家名を出して騒がないように言ったのだと思われるが、ジェラルドなら世間体より、罪もない母子が引き裂かれた事件を解決する方が重要だと言ってくれるはずだ。

「あ……ありがとうございます！　どうか、お願いします！」

何度も頭を下げる女性に、クリスタは子どもの特徴や住んでいた場所など、必要な情報を尋ねて別れた。

女性は修道院に泊まって傷の治療を受け疲れを癒した後、院長の知人が王都に行く荷馬車に乗せてくれるそうだ。

（……戻ったらすぐ、ジェラルド様に報告しなければ）

傾きかけた夕陽の中、馬車で帰路についていたクリスタは、ふと向かいに座るラピスに目を留めた。

「ラピス、気分でも悪くなったの？　顔色が優れないようだけれど……」

青褪めた顔を強張らせていたラピスに声をかけると、彼女はこちらが驚くくらいにビクッと大きく肩を震わせた。

「っ！　なっ、なんともありません！　大丈夫です！」

心なしか、必死ささえ感じる様子で首を振る彼女を、ルチルも心配そうに眺めている。

「そ、そう……大丈夫なら良いけれど、具合が悪くなったら遠慮なく言ってね」

「……はい。ありがとうございます」

ラピスはニコリと小さく微笑んだが、その表情にクリスタは既視感を覚えた。

――感情を隠してやり過ごそうとしている、微笑みの仮面をつけた顔だ。

こんなことがすぐ判ってしまうのも、かつて自分が何年もこんな顔で過ごしていたからだ。

「……」

それ以上、かける言葉を見失ってしまった。

何でもかんでも感情を剝き出しにして過ごせばいいものではないが、ラピスくらいの少女にしては、いかんせん取り繕い方が上手すぎる。

彼女もクリスタと同じように、生家で不自由な目に遭ってきたようだ。それでも最近は随分と自然な笑顔で過ごしていた。

隣国ウェネツィアは宝飾品を際立たせる衣装の刺繍なども盛んで、ラピスも淑女教育の一環で習ったと、編み物や刺繍の腕前は見事なものだ。ウェネツィア風の刺繍は城のメイドの間で大好評となり、教えて欲しいと頼まれているようだし、素直なラピスは皆に可愛がられている。

時おりふと、何かに思い悩んでいるような素振りもあったけれど、あそこまで強張った表情は初めて出会った日以来だ。

しかし、きっと今クリスタが何を言ったところで、ラピスは作った笑みを剝がさず、本当のことなど答えないだろう。

ルチルも何となくラピスが無理をしているのを感じるのか「馬車酔いかも」と、酔い止めのハーブキャンディーを取り出し、少女がお行儀よく礼を言って受け取るのを、黙って見つめていた。


翌日。

クリスタは昼食を終えると、城の中庭を一人で少し散歩することにした。

今日も陽射しが強いが、手入れをされた樹木が日陰を作り、キラキラ降る木漏れ日を眺めて歩くのは心地よい。

しかし、お気に入りの中庭を歩いていても、クリスタの心は今一つ晴れない。

（ジェラルド様もお忙しいのだから、寂しいなんてわがままよね……）

昨日、修道院から予定の時刻になっても戻らないクリスタを、ジェラルドはとても心配してくれていた。

もう少しで迎えに行くどころか、ダンテを連れて門を早馬で飛び出したところに、ちょうど鉢合わせしたくらいだ。

『帰りが遅いから、てっきり何かあったのかと……』

彼は相変わらず仮面をつけたままだったが、迎えに行こうとしてくれた事実や声の様子から動揺の滲んでいることは窺い知れ、いらぬ心労をかけてしまったと反省した。

報告と連絡と相談は、常に重要だ。

応接室で女性から話を聞く際、院長に遅くなる旨を城に伝えて欲しいと頼むべきだった。

『申し訳ありませんでした。……もしかして、コーラル氏のことで警戒なさっているのですか？』

つい、彼が仮面をまた被り始めた理由も知りたくて、そんなことまで尋ねてしまうと、ジェラルドは帰りの馬車でラピスがしていたようにビクリと肩を震わせた。

『いっ、いや……まぁ……それもあるな……うん。とにかく、クリスタが無事なら何よりだ』

こちらに負担をかけまいとしているのか、やや歯切れの悪い調子で返された。

しかし、その後ですぐ彼の執務室に行き、修道院に訪ねてきた女性の件を話すと、ジェラルドは驚きよりも怒りを露わにしていた。

『そんなことなら、警備隊の上層部から俺にすぐ確認を取るのが当然だ。それにもかかわらず、未だに一切の連絡が来ていない。……どこかの段階で握り潰されたな』

クリスタも同意見で、ジェラルドが怒るのも無理はない。

民を守るべき警備隊だが、何しろ大人数の組織だ。

警備隊の詰め所も王都に数多くあり、各所に責任者の分隊長を置いていれば、どこかで膿《うみ》が溜まっている可能性がある。

気になったが、あとの調べは任せてくれと言われたので、それ以上は何もできなかった。

……と、そうした昨日のことを思い出しながら、クリスタは特に目的もなく庭を歩く。

本日の午前中は私室に籠り、社交関連の手紙と執務手伝いの書類対応に没頭したので、昼食後は少し外に出て気晴らしをしたくなったのだ。

（……ジェラルド様にしてみれば、先祖代々の家名を犯罪に利用されたなんて、私よりずっとショックだったはず。本日も食堂にはいらっしゃらなかったし、調査に勤《いそ》しんでいるのでしょうね）

再び仮面をつけるようになってから、ジェラルドと顔を合わせる時間はめっきり減った。寝室を共にすることもなく、食事も殆ど執務室で簡単に済ませているようだ。

とはいえ、昨日のように帰りが遅ければ心配するなど、クリスタを気にかけてくれているのは確かだ。

ただ……同じ城で過ごしながら、ここ半月は一緒に過ごす機会が極端に減った。

それだけだ。

他は全て上手くいっている。

アンバーの孫への出産祝いも無事に決まり、ラピスとディアンが乗ってきた馬も衰弱状態から見事に回復した。

城内の人間は皆、小さな二人の新入りを可愛がり、彼らもそれに応えるようによく学んでくれている。

クリスタも引き続き以前からやっている執務の手伝いをして、それに対してジェラルドはいつも感謝の言葉だってくれる。

（でも、私はもっと、ジェラルド様のお役に立ちたい……）

つい歯痒く思ってしまうのは、彼のためにというより、自分が彼と以前のように過ごしたいからだ。

「……だから……」

「……でも……私は……」

ふと、近くの植え込みからボソボソと話し声が聞こえた。

植え込みの葉の隙間から、ラピスとディアンがしゃがみ込んでいるのがチラリと見える。

今は使用人も交代で昼休憩を取っている時間で、二人が休憩時にはいつも仲良く会っているのも知っていた。

しかし、今日は声の調子から、何やら深刻そうに言い争っているような気もする。

（珍しいわね。喧嘩《けんか》でもしているのかしら？）

気になったが、こういう場の盗み聞きは悪趣味だ。

幾ら仲が良くても、時には口喧嘩の一つだってあるだろう。

クリスタはそっと離れようとしたが、運悪く植え込みに袖をひっかけてしまった。

ガサリと葉が揺れ、音に気づいた二人が飛び上がらんばかりに立ち上がって、こちらを向く。

「あ……ごめんなさい。邪魔をするつもりはなかったの」

気まずさいっぱいで言い訳をし、踵《きびす》を返したが、背後からラピスに呼び止められた。

「奥様！　お話が……っ！」

クリスタが振り向くと、白い頬を紅潮させた彼女は、珍しく興奮気味に歯を食いしばっていた。

「どうしたの？　相談事でもあるのなら、聞かせてちょうだい」

「ラピス、やめろよ！」

反して、ディアンの方がオロオロと必死に相棒を止めようとしている雰囲気だ。

「わ、私……」

しかし、ラピスが何か言おうとした声に被せて、ディアンが涙声で怒鳴った。

「やめてくれよ！　俺が嫌なんだ！　俺のために、何も言わないでくれ！」

その制止は、ラピスの口を閉ざすのに十分な効力を持っていたようだ。

「……実は、ディアンと少し喧嘩をしてしまったのです。でも、奥様に言いつけて味方になってもらおうなんて、やっぱり卑怯でした。申し訳ありません」

偽物の笑みを素早く張りつけて苦笑したラピスを、クリスタは痛ましい気持ちで見つめた。

「それなら、これ以上は無理に聞かないけれど、自分達だけで抱え込みすぎないでね」

「奥様……」

クリスタを見上げるラピスの目は、強い動揺と迷いで揺れているように見えた。

明らかに何かを隠している少女は、秘密の重みに耐えかねているらしい。

ここでしつこく詰問すれば喋らせることはできるかもしれないが、それは最悪の手だ。

そんなことをされたら、せっかくこの城に馴染んできた二人の子どもは、もう二度とこちらを心の底から信用しなくなるだろう。

「私も以前、一人で気負いすぎたあげくに足をすくわれて挫折したりして、かなり落ち込んでいた時期があったの。でも、ジェラルド様に『もう少し気楽に構えてもいいんじゃないか』と指摘されて、考えを改めるきっかけになったわ」

植え込みのすぐ傍には、大きな林檎《りんご》の古木が立っている。

ここに嫁いできた頃は、毎日ぼんやりとこの木を眺めながら、どうすれば良かったのかと虚無感と自責にばかり囚われていた。

己の行動にも存在意義にも自信を持てなくなっていたクリスタに、ジェラルドがかけてくれた言葉を思い出しながら言う。

「貴方達が抱えているものが何か、私は知らないわ。でも、ここの皆は、貴方達を好きで味方になってくれる。それだけは確かよ」

クリスタの気持ちが届いたのかは分からない。ラピスとディアンは口元を引き結び、無言でペコリとお辞儀をすると、足早に二人で去っていく。

その小さな二つの後ろ姿を、クリスタは静かに見送った。


「――で、一体いつまで、奥様の前ではこそこそ仮面をつけて、陰で鬱陶しくため息をつき続けるおつもりですか?」

目は欠片も笑っていない皮肉たっぷりな笑顔のダンテに、ジェラルドの背を冷や汗が伝う。

夏の午後の執務室は蒸し暑く、上着を脱ぐと共に仮面も外したくらいなのに、怒り心頭の執事と二人きりだと寒気が止まらない。

「いや、だがな……」

「でもでもだってと、見苦しいですよ。そんなに悩まれることに心当たりがあるのなら、なぜ早く奥様と解決策を相談なさらないのですか」

ピシャリと、ダンテが容赦なく言い訳を叩き切った。

「っ! よ、夜の生活を今後どうしたらいいかなんて、どんな顔をして聞けばいいんだ!」

泣きたい気分で訴えれば、ダンテがいっそう呆《あき》れ顔になった。

「奥様が嫁がれた頃も、貴方がクヨクヨ悩んでろくに対話をしなかったばかりに、あの方はご自分が娶られた経緯も解らず余計な心労で苦しんでいらっしゃいましたよね？　懲りずに同じような失敗を繰り返すつもりですか？」

「そ、それは……」

返す言葉もなく呻いた時、扉を遠慮がちに叩く音がした。

もしやクリスタかと、反射的にジェラルドは仮面を掴み顔につけたが、扉の向こうから聞こえた声はディアンのものだった。

「ジェラルド様。ラピスもいるのですが、少しだけお話を宜しいですか？」

昼休憩を取っているはずのディアンが、やけに強張った声で尋ねてきたのを不審に思いつつ、ジェラルドは入室を許可する。

入ってきた二人の子どもは、とても思いつめた様子で、顔色もひどく悪かった。

「旦那様。これを……」

ラピスが胸に抱えていた薄いノートを、震える手でジェラルドに差し出す。

「私のお父様が他の悪い人達と、攫った子ども達を売買したことが書かれている帳簿です」

「な……っ!?」

驚愕のままノートを受け取り、改めて子ども達の顔を交互に見る。

「……君達が何か悩んでいるようだとは薄々勘づいていたが、これのことだったのか？」

ジェラルドの問いに、二人は青褪めた顔で頷いた。

この半月で、ラピスとディアンは徐々に城の皆と馴染み、ジェラルドやダンテにもかなり心を許しているように見えた。

だが、彼らの様子の端々から、まだ何かを隠し悩んでいるらしいのも、ちゃんと気づいていた。

「お母様が遺した日記には、書斎の隠し棚にお父様の悪事の証拠があると書かれていたんです。どういう悪事かまでは書かれていなかったのですが、棚の場所と開け方は書いてあって……家を出る時にディアンの力で騒ぎを起こして、やっと書斎に入って隠し棚を開けることができました」

形見の遺髪入れのペンダントを握りしめ、俯きながらラピスがポッポッと語る。

「ノートはたくさんあるうちの一冊を持ち出すのがやっとでしたが、それでも十分だと思ったんです。一冊ならなくなってもすぐ気づかれないだろうし、もしお父様に見つかって連れ戻されそうになったら、このノートを憲兵に渡すと言って取引材料にしようと考えていました。でも、中を見たら、攫った子どもまで売買していて……」

ラピスが震える声を詰まらせると、ディアンが庇うように一歩進み出た。

「外に出たら、初めて知ったことがいっぱいあった。犯罪者は罰を受けるけど、その家族まで悪く言われることも知ったから、そのノートは使わないことにしようと思ったんだ。悪いことをしたのはコーラルで、娘だからってラピスまで悪く言われるなんて嫌だ」

「そうか……だが、どういう心境の変化で渡してくれたのかな?」

「昨日、奥様の慰問についていったら、攫われた子のお母さんを見たんです」

蚊の鳴くような声で、ラピスが答えた。

「お母様は私を産んですぐに亡くなったし、お父様だって私のことを気にかけなかったから、子どもがいなくなってあんなに悲しむ親もいるなんて驚きました。それまでも、誘拐犯が早く捕まって欲しいとお城の人達が言っているのを聞いて、黙っているのが後ろめたかったのですが、やっぱり自分が非難されたくないからって、お父様の悪事を隠しているのは良くないと思ったんです」

そこまで言うと、ラピスは堪え切れなくなったのかポロポロと涙を流し、声もなく泣き始めてしまった。

「……ラピスは、本当はこの国で起きている誘拐のことを知った時から、ノートを警備隊の詰め所に持っていこうと言っていたんだ。それなのに、俺が絶対に駄目だってノートを取り上げて、今まで返さなかった」

ディアンが言い、ラピスを気まずそうにチラリと見た。

「でも、昨日のことをラピスといっぱい話し合ったんだ。俺はラピスの方が大事だから他の人なんて放っておこうと言ったけど、それなら自分も幸せになれないって言うから、ノートを返した。……俺、ラピスが本当に嫌がることなら絶対にしない」

ジェラルドはノートをダンテに渡し、ラピスとディアンの傍に歩み寄った。

俯いて立ち尽くしている二人の前に屈み、肩にそっと手を置く。

コーラルについての調査で人身売買をしているようだとは判ったものの、まだ確実な証拠を手に入れられず、ラピスとディアンもさすがにそこまでは知らないと思っていた。

だがディアンの言う通り、この犯罪の証拠は諸刃《もろは》の剣だ。大きな罪を犯せばその者だけでなく家族までも非難の対象になるのは珍しくない。

まだ子どもとはいえ、二人はとても賢い。ラピスの父親であるコーラルの証拠を公にする危険性や恐怖を十分に理解していたはず。

それでもラピスは保身より己の良心に従う方を選び、反対していたディアンも彼女の意見に耳を傾けたのだ。

「コーラルの悪事が暴かれようと、ラピスまで責任を問われることはないだろうが、もし心ない者が来ても大丈夫だ。城の人間は、責任を持って守ると言っただろう」

「ジェラルド様……」

「は、はい……」

震えながらも、二人の目にはようやく安堵の色が浮かぶ。

まだ小さなこの子ども達は、一体どれだけの勇気を振り絞って、ノートを渡しに来てくれたのだろうか。

「勇気を出して告白してくれたことに、国を守る責務の一端を担う貴族として礼を言う。それに一個人としても、大切なことを教えてもらえた。どんなに信頼し合う相手でも、大切なことはよく話し合うべきだな」

最大限の敬意を払って礼を述べ、心労で疲れ切っている様子の二人に、今日はもう休むように告げる。

そしてディアンとラピスが部屋を出ていくと、ダンテから鋭い視線がたちまち飛んできた。

「ディアンはまだまだ欠点も多いですが、本気で愛する相手への対応は見事ですね。どこぞのお方に、ぜひとも見習って頂きたいものです」

ジロリとこちらを睨む冷たい目に『貴方のことですよ、ヘタレ仮面』と、書いてあるのが見えるような気がする……。

「わ、解っている！　さすがに俺も、見習うべきだと反省した！　心から！」

実際、クリスタに後ろめたさを感じながら逃げてばかりだった身としては、ガツンと目を覚まさせられた思いだ。

（クリスタを信頼しているなら、それこそよく話を聞くべきだ。……今夜こそ、きちんと向き合おう）

心の中で頷き、今度はふと柔らかな視線を感じて顔を上げる。

ダンテがこちらを見て、安心したように苦笑していた。

すぐに彼は生真面目な表情に戻ってしまったから、ジェラルドも見なかったことにしたが、胸中でダンテにも深く感謝を述べた。

いつだって自分は、大勢の人に支えられて、守られている。

だから自分も大切な人達を守れるよう、精一杯に励めるのだ。


（――助かったぁぁ～……）

ラピスと並んで廊下を歩きながら、ディアンは安堵に膝が崩れ落ちそうになるのを、何とか堪えていた。

ジェラルドは優しくて良い人だと思うけれど、例のノートや誘拐事件の犯人を黙っていたことは、さすがに非難される覚悟はあった。

それでもせめて、もっと早く打ち明けようとしていたラピスを責めないで欲しいと思っていたが、まさか礼を言われるなんて驚いた。

目線だけを動かして、チラリと隣を歩くラピスの表情を盗み見る。

まだ青褪めて泣き腫らした目をしているけれど、どこか落ち着いた様子に戻った横顔に、心の底からホッとした。

「……ディアン、一緒に来てくれてありがとう」

不意に、ラピスから小声で言われ、ディアンは目を見開いた。

「えっ？　いや、俺がラピスと一緒にいるなんて当たり前じゃないか」

ディアンは、自分がどういう経緯でコーラルの手中に渡ったのか、本当に知らないし、特に興味もない。

ラピスは誘拐事件に自分の父親が関わっていると知って以来、ディアンもどこからか攫われたのかもと、とても気にしていた。

ひょっとしたらラピスが心配したように、実の両親は宝石人の息子をコーラルに無理やり奪われ、ディアンを案じているのかもしれない。

でも、もしもディアンがそうやって実の親と引き剝がされたのだったとしても、ラピスを誘拐犯の娘だと罵るなんて考えられなかった。

そもそも『家族』や『親子』という概念を教えてくれたのも、全てラピスだ。

ラピスがいなければ、自分はきっと今もあの小さな部屋で、ただぼんやりと時を過ごしているだけだった。

世話係の老婆から必要最低限の言葉だけを教わり、食べて適度に身体を動かして、寝て……。

今となっては、家畜並みの信じられない生活だが、かつてはそれが普通だった。

彼女が、全部くれた。

世界を作ったのは神様だというなら、ディアンにとっての神様はラピスだ。

「奥様のお話を聞いて、ノートを渡そうときちんと決めたはずなのに、ずっと怖くて堪らなかったの。逃げ出さずにいられたのは、ディアンが隣にいてくれたからだよ。家から逃げられたのだって、やっぱりディアンのおかげだわ」

「……だから、俺がずっと傍にいるのは当然なんだって」

何となく気恥ずかしさを覚え、ディアンは視線を逸らして頰をかいた。

ジェラルドを始め、この城の人は良い人ばかりだと思う。ラピスも同じ意見だ。

ただ、ラピスが奥様のクリスタや先輩のルチルをすごく尊敬するのは良いけど、皆のことをどんなに好きかとか毎日話されると、なんだか複雑な気分になった。

ディアンの一番はこれからもずっとラピスなのに、彼女の方はもっと大切な存在を他に見つけて離れていってしまうんじゃないかとか……そんな焦燥感に襲われる時もある。

（そういえばジェラルド様も、ものすごく奥様を好きだよなぁ……）

なぜかクリスタが執務室に来ると、ジェラルドは大急ぎで仮面をつけて対応し、その後で『もっと一緒にいたい！』と嘆いている。

そうしたいのなら、どうして実行に移さないのか不思議だし、ダンテが妙に怖い顔でそれを見ているだけなのも不思議だ。

ともあれ、自分がまだまだ世間知らずなのを自覚しているから、余計なことは口にしないようにしている。

その代わり、絶対に確かなことはきちんと伝えると決めていた。

「ラピスと結婚するのは俺なんだからさ。他の奴に渡すなんてありえないし、誰が何と言ったって、これからもず――っと一緒にいる」

ふんっと鼻息も荒く断言すると、ラピスがこちらを見て目をパチパチと瞬かせた。

だがすぐに、とても可愛い笑みを浮かべて頷く。

「うん！　私、世界で一番ディアンが好きだもの」

「そ、そっか……うん、そうだよな！」

照れ笑いをしながらラピスと手を繋ぐと、胸の奥がほわりと温かくなる。

改めて幸せと安堵を噛みしめつつ、ディアンはラピスと歩いていった。

その晩。

クリスタは落ち着かない気分で、私室をうろうろと歩き回っていた。

(ジェラルド様のお話は、一体何かしら?)

今日の午後、ジェラルドが唐突に部屋を訪ねてきた時のことを思い出す。

彼は仮面を取っており、久しぶりに見た素顔は、ひどく深刻な様子だった。

ラピスとディアンが悩んでいた裏帳簿の件も重要だが、別件で話がしたいと言われたので、湯浴みをして部屋着で待つことにした。

ジェラルドは人に会うと、午後に話した直後に出かけ、夕刻過ぎに戻ってきてから執務室に籠っている。

(それにしても、まさか子ども達が証拠を持っていたなんて……随分と悩んだだろうに、よく打ち明けてくれたわ)

ふぅっと息を吐き、昼間、中庭で泣きそうな顔をしてラピスを止めたディアンを思い出す。

初めて会った日から二人の絆《きずな》は強いと思ったが、特にディアンのラピスに対する想いは凄まじい。

色々と宝石人の能力を試したところ、彼はジェラルドのように地中にある金属類の探知は全くできないらしい。だが金属を操作する力は、コーラルの屋敷からの逃亡途中にどんどん強くなったそうで、今では少なく見積もっても以前の数十倍はあるという。

おそらく、ラピスを守りたい一心で力が強くなったのではないかと、ジェラルドは言っていた。

それを聞いて脳裏に蘇ったのは、以前にクリスタが攫われた時、ジェラルドが通常では到底できなかったと言った量の金属を味方につけた光景だ。

ジェラルドは、クリスタの生家にある金属達が女主人を守ろうと強く願ってくれたからで、自分は力を少し貸しただけと言ったが、それでもこう思う。

――宝石人の彼も、クリスタを大切に想ってくれていたからこそ、生家の金属達は助力を願ったのだと……。

不意に扉がノックされ、クリスタはハッと物思いから覚めた。

返事をすると、思った通りジェラルドが入ってくる。その顔に仮面はなかったが、やはり緊張を孕んだ硬い表情に、ついこちらも顔が強張ってしまう。

数秒間、互いに出方を窺うように黙って視線を合わせた後、ジェラルドがゆっくりと口を開いた。

「クリスタ。何を言われても絶対に怒らないと約束するので、正直に答えて欲しい」

「は、はい……」

「俺との……その……っ！　夜の生活での不安や不満を、遠慮なく言ってくれ！」

一体、何を問われるのかと身構えていたクリスタは、呆気に取られてポカンとする。

「……いえ、特にありません」

驚きすぎたあまり、質問の内容に羞恥を覚える余裕もなかった。妙に淡々と答えてしまうと、ジェラルドはなおも食い下がる。

「確かに、内容的に言い辛いだろうし、俺の方でもっと気を回すべきなのは確かだが、どうしてもクリスタの意見を教えて欲しいんだ。頼む！」

――なぜ『不満がある』という大前提で聞いてくるのか、まずはそこから教えて欲しい。

「ジェラルド様……どうして、私が不満を持っているなどと思うのですか？」

困惑して尋ね返すと、彼は気まずそうに視線を泳がせた。

「それは……しばらく前から、床で何か言いたいのを我慢しているように見えたからだ。俺はクリスタを愛しているから、もう初夜のような過ちは二度と犯したくない。だから、しばらく離れていようと考えたのだが……」

はぁ、とジェラルドが深いため息をついた。

「こうしてみっともなく狼狽えている顔を見せたくなくて、せっかく外せるようになった仮面をまたつけて、目の前の問題から逃げているだけなのを反省した。ラピスとディアンのような子ども達でさえ、きちんと話し合っているのに、俺は何をやっているのだと……」

「また仮面を被っていらしたのは、そういう理由だったのですか!?」

思わず驚きの声を上げ、同時に勘違いをさせてしまったきっかけに思い当たった。

「ああ。商談ならともかく、俺はクリスタに関することになると、すぐ感情が顔に出るからな」

「申し訳ありません。私が変に悩んでいたばかりに、誤解させてしまったようです」

いたたまれない気分で謝ると、今度はジェラルドが呆気に取られた顔になった。

「誤解？　俺に関することで、悩んでいたわけではないのか？」

「それが、ジェラルド様に全く関係がないとは言えないのですが……」

こうなっては、正直に話すしかない。

少なくとも、ジェラルドにこれ以上の誤解を抱かせるよりはずっと良いだろう。

「何と言ったらいいか、その……ジェラルド様との間に子が欲しくても、なかなか授からないのがもどかしくて……」

「っ！」

ジェラルドが途端に青褪め、ハクハクと口を戦慄かせる。

やはり、最初は跡継ぎ目的で娶ったことに対して、彼は未だ根強く気に病んでいるのだ。

動揺しすぎて声も出ないといった様子に、クリスタは慌てて言葉を続けた。

「いえ、私がここに嫁いできた時には、ジェラルド様も誤解があった故に跡継ぎだけを重視していたことは理解しています。いつも社交の場で、遠慮のない声から庇って下さっていることも感謝しています」

素直に思っていることを告げるうちに、今までの出来事が目まぐるしく脳裏に蘇る。

初めて会った晩は怖さと戸惑いしかなかったのに、徐々に毎日話すようになっていくと、彼を見る目も変わっていった。

よく理解のできない相手から、意外と悪い人ではないのかもと思い始め、喪失感と挫折に悩んでいた時にかけてもらった言葉が嬉しかった。

「ここに来てから、私は貴方をどんどん好きになっていって……それで、これぱかりは縁だと割り切ろうとしても上手くいかず、早く子どもが欲しいと焦っていました」

　ここしばらくの心境をよく振り返り、重い息を吐いた。

「そういう話なら、いつでも相談してくれて良かったのに……」

　ポツリと、ジェラルドが独り言のように漏らした言葉に、深々と頭を下げた。

「ジェラルド様は私が焦らなくて済むよう、跡継ぎに関する話題を極力避けて下さっているのに、わざわざ不安を訴えるのも悪いと思っていたのです。ですが結局は、このように誤解させてしまって申し訳ございません」

「いっ、いや、悪いのは勝手に誤解した俺の方だ！　頭を上げてくれ！」

　慌てた声に顔を上げると、ジェラルドが真摯な表情でクリスタの手を取った。

「話してくれて感謝する。俺が思っていた理由とは違っていたにせよ、クリスタに一人で悩ませたくはないからな」

「ジェラルド様……」

「俺が結婚を決意したのが跡継ぎ目当てだったのは事実で、今でもあの頃の自分を殴りたくなるくらいに恥じている」

　昔を振り返るように彼は眉を下げ、それから柔らかく微笑んだ。

「我が子はもちろん欲しいが、それは愛するクリスタと家族を作りたいからだ。しかし、ただでさえ他所の跡継ぎ問題に首を突っ込みたがる連中は多いだろう？　俺が不用意な発言をしたばかりに、クリスタを余計に追い詰めてしまったらと思うと怖かったが、お節介をする輩がいるからこそ、もっとよく話し合うべきだった」

「っ……ありがとうございます。私のことを気にかけて下さって……」

ツンと鼻の奥が痛くなり、感激で声が詰まりそうになる。

「愛する相手を気にかけるのは当然だ」

柔らかな声でジェラルドが言い、どちらからともなく、自然に抱き合い唇を合わせた。

次第に口づけは深くなり、唇を割り開いてジェラルドの舌が侵入する。口腔の粘膜を余すところなく舐められ、ゾクゾクした愉悦が背筋に走った。

「っ……ふ……」

鼻に抜ける吐息が漏れ、足に力が入らなくなっていく。

彼に縋りつくと、横抱きにして寝室に運ばれた。

そっと寝台に下ろされ、ジェラルドが覆いかぶさってくる。

衣服をもどかしそうに脱がされ、彼も手早く裸身になった。抱きしめられて、素肌の触れ合う感触にドキドキと胸が高鳴る。

そっとジェラルドの背に手を回し、互いのぬくもりを確かめ合うように身体をすり合わせた。

触れ合っていた唇が、頬に、首筋に、鎖骨にと移動していく。

「んっ、あ、ぁ……んっ」

くすぐったさと快楽が混ざって、身悶えていると、不意に脇腹を強く吸われた。

「あっ!」

チクンとした微かな痛みと共に、白い肌に赤い痣《あざ》がつく。ペロリと続けてそこを舐められ、羞恥と快楽にゾクゾクと背筋が戦慄いた。

もっとジェラルドをたくさん、刻みつけて欲しい。そんな願いが頭に浮かぶ。

ジェラルドが片方の胸の先端を吸いながら、反対の胸を手で揉みしだく。

柔らかな膨らみがこねられて柔軟に形を変える。赤く色づいて膨らんだ胸の頂も、指の腹で刺激され、もう一方を熱い舌が執拗《しつよう》に舐め回す。

「ふっ……ぁ、あ……はぁ……」

濡れた吐息が自然と零れ、胸にしゃぶりつくジェラルドの頭をかき抱いた。彼の髪に指を絡ませ、快楽に身悶える。

擦られて、舐められて、触れられて……どうされても気持ち良くて堪らない。

下腹の奥が疼き、秘所から熱い蜜がトロリと溢れ出るのを感じた。

「あ、あ……」

大きく広げられた脚の間に、ジェラルドが顔を埋める。

淫らな蜜に濡れた赤い花芽を舐められて、衝撃にクリスタの腰が大きく跳ねた。

「あっ！」

高い嬌声を放ち、反射的に腰を引きかけるが、ジェラルドにしっかりと抱え込まれる。

最も感じる場所を熱い舌先が弄り、柔らかな花弁の隙間に指を差し込まれると、堪らなかった。

「ひっ！　や……っ、も、だめ……あ……ぁ、あぁっ！」

緩急をつけて動く指が、グチュグチュと淫靡な水音を立てて秘所をかき回す。

「は……ぅ、ぅ……」

赤く充血した花芽を舌で転がしながら、埋め込んだ指を中で動かされると、怖いほどの快楽が全身を貫く。

秘所からとめどなく溢れる蜜を啜られ、羞恥に泣きたくなった。

「あ、あ、あっ、だめっ、あ、あぁぁっ」

与えられ続ける愉悦に身悶え、クリスタは半泣きで喘いだ。

「あ……ぁ……く……ふ……ぅ……あ……っ」

快楽が膨れ上がるにつれ、普段の自分とは違う、甘く濡れた声が零れ落ちていく。

熱い舌で舐めしゃぶられる箇所が疼いて堪らず、ビクビクと腰が跳ねた。

「は……あ、あぁ……」

絶頂が近いのを感じ、せめて彼の顔を秘所から剝がそうとするが、力の入らない指は髪を絡めることしかできない。

強く陰核を吸われ、溜まった熱が弾けた。

「ひっ！　あ、あっ！　ああ――っ‼」

背を弓なりに反らせ、ビクビクとクリスタは痙攣する。

荒い息を零し、絶頂の余韻に身を震わせていると、脱力した片足を彼の肩にかけられた。

熱くて硬い雄の切っ先が、濡れそぼって解《ほぐ》れた襞《ひだ》をヌチュリと押し開く。

「っ……」

クリスタが息を詰めるのと同時に、膨らんだ肉棒が侵入を始めた。

太い屹立《きつりつ》で隘路をいっぱいに広げられ、甘い痺れが足先から全身を駆け抜ける。

「んっ、ふ……あっ……ふ……」

最奥まで貫かれ、満たされる愉悦に、背筋を大きく震わせた。

「あっ……ジェラルド、様……」

彼の首に両手を回すと、優しく抱き返された。

唇を重ねながら、ジェラルドが動き出した。中をよく馴染ませるように、緩やかに抽挿を繰り返される。

「あっ……ん、あ、ん……ああっ！」

子宮口の窄《すぼ》まりを雄の先端で突かれ、クリスタは首を左右に振って、あられもない声を漏らす。

熱くて太い塊が、焦らすようにゆっくり膣壁を擦り上げる感触に、ゾクゾクと全身が戦慄いた。

身体の奥深くまで突き上げられるたびに、繋がっている箇所から愛液が溢れて敷布に淫らな染みを広げる。

「っは……ぁ……あぁ……」

いつしかクリスタは艶めいた喘ぎを零しながら、自分から誘うように、淫らに腰を揺らめかせていた。

「普段はあんなに清楚《せいそ》で禁欲的なのに……乱れるクリスタも、本当に可愛らしいな」

欲情を宿した声が聴覚を刺激し、それにも身震いするほど感じてしまう。

ぐいと腰を抱え直され、ジェラルドが激しく動き出した。

「あっ、あ、あぁ……っ！」

強まっていく律動に身を任せ、クリスタはジェラルドに縋りつく。

「んっ……ジェラルド様……愛してる……」

「クリスタ……俺もだ……」

互いに呼び合い、夢中で唇を合わせながら、一際深く突き込まれた。

クリスタを抱きしめる腕に力が籠り、熱い飛沫を注ぎ込まれる。

ビュクビュクと注がれる白濁の熱に悶え、クリスタもまた達した。

「あ……はぁ……」

胸を喘がせて荒い呼吸を繰り返していると、額にそっと口づけられた。

「ん……」

心地よさに目を閉じ、クリスタも夢見心地なまま愛しい夫をぎゅっと抱きしめ返す。

こんなに近くにいても、人の心というものは難しい。時には今回のように勘違いを引き起こしたり、すれ違ったりすることもあるのだと、今夜は改めて痛感した。

「……ジェラルド様との間に子どもができるのが、楽しみです」

思い切って呟くと、ジェラルドが少し驚いたように目を見開いたが、すぐに微笑んだ。

額の宝石よりも、クリスタにとってはとても綺麗で宝物に思える彼の瞳が、優しく細められる。

「ああ。クリスタとの子どもだったら、可愛くて堪らないな、甘やかしすぎてしまいそうだ」

「大丈夫ですよ、きっと。ダンテさんが目を光らせているでしょうから」

その光景が眼に浮かんでクスクスと笑うと、ジェラルドもおかしそうに笑った。

そしてひとしきり笑った後で、唇が重なる。

久しぶりの濃密な夜は、まだ始まったばかりだった……。

5　夜会と狡猾な商人

ジェラルドとのすれ違いも無事に解消できて、数日が経ったある日。

クリスタはジェラルドに呼ばれ、ルチルを連れて執務室を訪ねた。

「失礼します」

ノックをするとすぐにダンテが扉を開けてくれた。

室内にはジェラルドとダンテ以外にも一人、見慣れぬ男性の姿があった。

「以前に城へ招いたからルチルは知っているだろうが、クリスタは初めて顔を合わせるな。王都の警備隊を統括する、ハウレス騎士団長だ」

ジェラルドに紹介された男性は、一言で表すと『大きい人』というのが率直な感想だった。

濃紺と薄い銀色の騎士服を身につけた巨体は、長身の部類であるジェラルドやダンテよりも、さらに頭一つ高い。肩幅も広く、分厚い胸筋で服の胸元がはちきれそうになっている。

焦げ茶色の髪はサッパリと短く刈られているが、太い眉と濃い髭《ひげ》に、がっしりした体軀《たいく》も相まって、なんだか熊さんのように見えた。

「初めまして、ベルヴェルク夫人。ハウレス・アバティーノと申します」

ハウレスは巨体を屈めると、優雅な仕草で礼をした。堂々とした風格は、さすがは大勢の部下を束ねる人物だけある。

この国には六つの騎士団があり、ハウレスは主に防衛を任されている。よって、有事の際に活躍する騎士団だけではなく、その下にある警備隊も全て、彼が最高責任者なのだ。

「クリスタ・フェルミ・ベルヴェルクにございます。お会いできて光栄です」

クリスタもスカートを摘《つ》まみ、丁重にお辞儀をする。

今日は、内密の客が来るとだけ聞かされていた。

しかし、先日修道院を訪れた女性の訴えや、ラピスとディアンが渡してくれた犯罪証拠の件などから、警備隊の高い地位にある人ではと想像していたが、見事に当たった。

「ベルヴェルク夫人が、誘拐被害に遭った女性に対応して下さった件を聞き、大至急で調査を行いました」

そう言うとハウレスは、深々と頭《こうべ》を垂れた。

「誠に面目ありませぬ。調べた末、警備隊の中間管理職にある者が、レキサンドラ家から賄賂を受け取り、同様の事件を幾つも握り潰していたのが発覚しました。しかも、民の疑いをジェラルド殿に向けさせるように指示も受けていたそうです」

「え……レキサンドラ家が？」

思わず目を瞬かせると、ジェラルドが重い息を吐いて口を挟んだ。

「それについては、子ども達が持ってきた、例のノートが関係していた」

「っ！」

ラピスが渡してくれた父親のノートを、クリスタも見た。

あれはコーラル商会の裏帳簿だったが、人身売買をしていることは判っても、あちこちが暗号化されていて名も全て伏せられていたのだ。

「暗号化されていた部分を調べると、レキサンドラ伯爵が最大の取引相手なのが判明した。最初は密輸入の片棒を担ぎ賄賂を受けていたようだが、今では人身売買にも積極的に加担している」

「その罪を、ジェラルド様に擦《なす》りつけようと……？」

「ああ。ハウレス殿が、レキサンドラ伯爵に目をつけているのに気づかれたらしい。それに、俺を罪人に仕立て上げたいのには……おそらく、これも関係あるだろうな」

ジェラルドが苦笑して、自身の額にある宝石を指した。

「表向き、我が家はレキサンドラ家と揉めたことはないが、かの家と関係がない貿易商とは取引しているだろう？　俺が失脚すればライバルの貿易商は大きな取引相手を失くす。さらに、俺を投獄すれば身柄を押さえられると考えても不思議ではない。警備隊の一部とも癒着しているなら、牢内にも手を伸ばせるはずだ」

「……そうですね」

ひどいと、思わず漏らしそうになった言葉の代わりに、クリスタは頷いた。

憤りの気持ちは十分すぎるほどにあるが、非道な手段を使ってジェラルドを狙う者が現れるのを承知で、宝石人だと明かしたのだ。

そのたびに嘆くよりも、非情に見えても仕方がないくらい、冷静でいなければ。対策を考え、率先して動き、全力で戦う。それがクリスタにできる最善の行動だ。

「ということは、レキサンドラ伯爵が協力者と判明したのなら、解決の糸口は見えたのですか？」

期待を込めてハウレスを見たが、彼は表情を曇らせて頭を振った。

「実は、癒着していた者が牢獄で殺され、証言者がいなくなってしまったのです。差し入れられた食べ物に、毒が入っていたようでした」

「そんな……」

思わぬ展開に、息を呑む。

本当に相手は牢獄の中までも手を伸ばしてきたのか。

「この件で、まだ他にも内部に協力者がいると判ったので、本日は私だけで内密に伺ったという体たらくです」

心底情けなさそうに、ハウレスは項垂《うなだ》れた。

「クリスタ……コーラルの裏帳簿にはレキサンドラ伯爵の他に、顧客としてこの国の貴族も何人か名が記されていた。だが、あれだけでは証拠に乏《とぼ》しいんだ」

ジェラルドから悔しそうに言われ、クリスタは目を見開く。

「どうしてですか？」

「あの裏帳簿が、本当にコーラルのものだという証拠がない。俺達はラピスとディアンを信じているが、コーラルは表向きは非常に印象が良い人物だからな。誰かが彼をはめようと帳簿を捏造《ねつぞう》してラピスに渡し、彼女がそれを見てショックで家出をしたなどと言い逃れられたら、子ども達の身も危うくなる」

「う……」

クリスタは唇を噛み、沈黙した。

先日に見た裏帳簿をよく思い起こしてみても、確かにジェラルドの言う通りだ。

筆跡だって似せたものだと言い逃れられる。他も全て、コーラルが書いたと断言できるものはない。

クリスタはラピスやディアンを信じているから、あれがコーラルの書いたものだと思う。

だが、世間の人は大抵、十歳の娘よりも、社会的地位のある父親の方を信じるだろう。

「コーラルの娘さんと、宝石人の少年のことも、ジェラルド殿より聞いております。複雑な心境ですが、彼らがこれを自身達で警備隊の詰め所に届けず本当に良かった。そうしていたらきっと、レキサンドラ伯爵を通じてコーラルの息がかかった者に連れ戻され、裏帳簿も回収されていたでしょう」

ハウレスが肩を落として述べると、それまで黙っていたダンテがすっと挙手をした。

「ジェラルド様。調査に関しまして、発言しても宜しいでしょうか？」

「ああ。何かいい案があるのなら聞かせてくれ」

ジェラルドが頷き、皆の注目がダンテに集まる。

「失礼ながら、内通者がいる以上、ハウレス様の動きはかなり制限されます。特にレキサンドラ伯爵にはすでに警戒されているため、迂闊《うかつ》に近づかない方が無難でしょう。そこで、ハウレス様にはまず騎士団内の調査に専念して頂き、レキサンドラ家は……」

ダンテが、執務机の脇に置かれている手紙の束を指した。

「今朝、ジェラルド様と奥様宛てに、レキサンドラ家から来週に開かれる夜会の招待状が届きました。そちらにお二人で出向き、コーラルと顔を合わせるなどして様子を見るのはどうでしょうか？」

「レキサンドラ家の夜会か……確か以前、コーラルを遠目に見かけたのも、あの家の宴席だった」

なるほどと、ジェラルドが呟いた。

「私が調べたところ、コーラルは現在こちらの王都に滞在中です。来国理由は商談のためとなっておりますが、王都では彼の手駒が密かに人捜しをしているようです。状況から考えて、子ども達を連れ戻すべく、自ら現場へ指揮を執りに来たのではと思われます」

「ふむ。異国で自由に動きたいのなら、その国である程度の地位を持つ権力者に身を寄せるのが一番だ。コーラルが子ども達を追ってきたとしたら、犯罪に加担しているレキサンドラ伯爵を頼るのは当然だな。それに表向きは商談での来国なら、貴族の集まる宴席にも顔を出すはずだ」

ハウレスが重々しく頷き、クリスタもこれ以上の案など出なかった。

「ジェラルド様。私もダンテさんの案に賛成です」

声をかけると、ジェラルドがニコリと微笑んだ。

「では、決まりだな」

詳細は一息入れながら練ろうということになり、クリスタ達は応接間に移動する。

ジェラルドと並んで長椅子に腰を下ろし、向かいにハウレスが座る。二人用の長椅子も、巨体の彼が座ると、一人でいっぱいになった。

「――この城の菓子は、相変わらず絶品ですな」

ハウレスは厳つい強面の外見に似合わず、甘い菓子が大好物らしい。

ルチルが淹《い》れたお茶を飲みつつ、焼き菓子に舌鼓を打つ。

「次はお忍びでなく、ご夫婦でいらして下さい。料理長はいつも、ハウレス殿の奥方の菓子を超えようと奮闘していますから」

ジェラルドがにこやかにそう言ったので、クリスタは少し驚いた。

城の料理長は、王都の一流菓子店で修行したこともあるそうで、食事だけでなく菓子作りも素晴らしい腕前だ。

そんな料理長が、超えようと奮闘するなんて、どれだけすごい人なのだろう。

「料理長が意識するなど、ハウレス様の奥様は、本当にお菓子作りが得意でいらっしゃるのですね」

感心して述べると、熊のようなハウレスの強面が、途端にヘラッと崩れた。

「自慢になってしまいますが、妻の焼き菓子は天下一品ですぞ！　何しろ私は若かりし頃、彼女の作った菓子を一口食べた直後、あまりの美味しさに感動してそのまま求婚してしまったほどですからな。無論、妻に惹《ひ》かれた部分はそこだけではありませんがね！　結婚から二十年が経ちますが、未だに新婚のように仲睦まじく過ごしております。彼女は可愛らしく華奢《きゃしゃ》な外見からは想像もつかないほど、芯の通った気丈で凜々《りり》しい女性であり……」

――どうやら、何かのスイッチを押してしまったらしい。

もはや、菓子のことはどこにいったのだと思うほど、凄まじい勢いで愛妻への想いを喋りまくるハウレスに唖然《あぜん》としていると、ジェラルドにそっと耳打ちされた。

「ハウレス殿は、騎士団でも有名な愛妻家なんだ」

「そ、そうでしたか。ご夫婦仲が宜しいのは何よりです」

「しかし、まぁ……考えてみれば俺だって今は、クリスタのことを聞かれるとこのくらいの勢いで話すからな。仲の良い夫婦なら、普通の範囲内なのだろう」

「………」

それは普通ではないと思う、と言いかけた言葉を呑み込んだ。

外で盛大にこんな話をしているのかと思うと気恥ずかしいが、愛されているのを感じて嬉しい気もする。

「……と、私の妻の話ばかりしてしまいましたが、ジェラルド殿から奥様の話もかねがね伺っております。婚礼式の時は他国へ出向中だったので参列できなかったのですが、美しいうえに領主代理としての実力もあり、まさに才色兼備という言葉がピッタリの素晴らしい方だと、散々にノロケられましたからな」

一息ついて茶を啜ったハウレスが、ニヤリと笑った。

どうやら本当にジェラルド達は、普段から愛妻自慢合戦をしているようだ。

「事実ですので。実際、クリスタは美人でしょう?」

しれっとジェラルドに答えられ、クリスタはかぁぁと頬が熱くなるのを感じた。

「ははっ、確かにお美しい方で驚きでした。背もスラリとしていらっしゃるし、レキサンドラ夫人の趣味に合わせた格好をすれば、すぐさまお気に入りになって情報を聞き出せそうです」

ふいにそんなことを言われ、クリスタは首を傾《かし》げた。

「レキサンドラ夫人のご趣味？　何か、夫人には特別に好みのドレスでもあるのですか？」

彼女の人柄は好きではないが、センスについては素晴らしいと思う。

常に流行の最先端のドレスや髪型を押さえつつ、自分に合った色の組み合わせやアレンジを駆使し、変に若作りにならないようにしている。

クリスタも、ジェラルドの妻として社交場に出る以上、彼に恥をかかせないよう身なりを整えなくてはいけないから、レキサンドラ夫人の衣装や髪型はかなり勉強になった。

「あ……つい、口が滑ってしまいました。いや、こんなことを申し上げたら、お気に障るかもしれないのですが……」

失言したとばかりに、ハッと口元を押さえたハウレスだったが、すぐに苦笑して頭をかく。

そして、彼から聞いた思わぬ情報に、その場にいた全員が目を丸くしたのだった。


忙しくしていると、あっという間に時間は過ぎる。

レキサンドラ伯爵家で開かれる夜会に、クリスタはジェラルドと赴いた。

「クリスタ」

微笑むジェラルドの差し出した手を取り、クリスタは馬車から降りる。

「ベルヴェルク辺境伯夫妻ですね。ご案内いたします」

品の良いお仕着せを着た従者が、ジェラルドの顔を見るなり、丁寧にお辞儀をした。

大きな屋敷の前庭には、他にもたくさんの馬車が停まり、従者達が招待状の確認をしている。しかしジェラルドの額にある宝石は、招待状よりも遥《はる》かに確実に身元を表すものだ。

「レキサンドラ家の街屋敷には初めて来ましたが、とても立派ですね」

クリスタはそっと、ジェラルドに囁いた。

「ああ。クリスタが嫁いでくる少し前に、改築したと宴《うたげ》に呼ばれ、そこでコーラルを遠目に見かけた。数年前は破産寸前だったなど、その時は知らなかったから奇妙には思わなかったが……」

王都の一等地に建てられた街屋敷は、豪華絢爛《けんらん》という表現がぴったりだった。

玄関ホールの天井には最上級の水晶で作られた大きなシャンデリアが煌めき、調度品も一流のものばかりだ。

少しでも美術品に目がきく者なら、屋敷に一歩入って見える範囲だけで、一体どれほどの金額が費やされているのか卒倒しそうになるだろう。

従者に案内されて広い廊下を進みながら、クリスタは無礼にならない程度に調度品を眺める。

先週にハウレスと会った際、レキサンドラ伯爵家の内部状況を、色々と詳しく聞いた。

以前の茶会にてレキサンドラ夫人が『嫁いですぐに跡継ぎを産んだ』と自慢していた通り、伯爵夫妻にはもう成人した息子がいる。

ただし跡継ぎとはいっても、名家の嫡子として甘やかされた放蕩《ほうとう》息子で、家業を継ぐ実力もなく性格も最悪。ろくに勉強もせず、遊学と称してあちこちの国で派手に遊び歩いていたらしい。

それだけでも悪いのに、他国で父親の重要な取引先でもある大貴族と揉め事を起こし、甚大な損害を与えてしまったそうなのだ。

伯爵家は多額の賠償金を支払う羽目になり、さらには内密に済ませようと口止め料を各方面に払ったが、怒らせた貴族の影響で幾つもの取引先を失った。

ただ、財産が底をつきそうになっても社交界では相変わらず羽振りよく振る舞っていたので、レキサンドラ伯爵家の財政難に気づいた者は殆どおらず、ジェラルドも今まで知らなかったということだった。

それにもし破産寸前だったと知っていたとしても、その後で家が盛り返したというだけならば、変に邪推をする必要はない。

レキサンドラ伯爵に商才があるのは確かだという。才覚があり、運が味方をすれば、数年で失った分以上の財を稼ぐことだって不可能ではないはずだ。

だが、コーラルと組んで富を得たレキサンドラ伯爵は、真面目で地道な努力よりも、手っ取り早く家を復興させる不法な手段を選んだのだろう。

そんなことを思い返しているうちに、クリスタ達は夜会用の大広間へ着いた。

扉を開けるとすぐ、レキサンドラ夫妻がこちらに歩いてきた。

「ベルヴェルク辺境伯に奥様、ようこそいらっしゃいました」

「本日はお招きありがとうございます。素晴らしい宴ですね」

ジェラルドが胸に片手を当てて丁重に挨拶を述べ、クリスタもドレスのスカートを摘まんでお辞儀をする。

「いやいや、小規模な宴ではありますが、楽しんで頂ければ幸いです」

レキサンドラ伯爵が、鷹揚《おうよう》な笑みを浮かべて謙遜してみせた。

五十代半ばの伯爵は、前髪が少々後退しつつあるものの、なかなか渋い雰囲気の紳士である。若い頃は名門貴族のうえに有能な色男と社交界に名を馳《は》せ、レキサンドラ夫人が数多のライバルを蹴散らして結婚にこぎつけたと有名だ。

「ごきげんよう、ジェラルド様。ベルヴェルク夫人に招かれました先日のお茶会ではお会いできなかったので、こうしてご対面できて嬉しいですわ」

レキサンドラ夫人が、甲高い声で笑った。

その胸元には、滅多に見ないほど大粒のサファイアをあしらったブローチが輝いている。

急に開催されることになった今夜の宴は、これをお披露目する目的だったのかと、クリスタは心の中で頷いた。

宴にはよくテーマやそれに沿ったドレスコードが定められる。今夜は『青の宴』と称され、参加者は何か青いものを身につけてくるように指定されていた。

よって、ジェラルドは夜会服の胸元に青い生花を飾り、クリスタも銀色の地に青いリボンをあしらったドレスを着ている。

「こちらこそ、お会いできて光栄です。先日は妻に、結婚生活の先輩として様々なご意見をくださったそうですね」

ジェラルドがにこやかに言うと、夫人が心なしか得意げな顔になり、チラリとクリスタを横目で見た。

「いえ、若い方がお困りしている時、年上の者が助言するのは当然ですわ」

「ありがとうございます。結婚してからは助言と言いつつ、的外れな考えを押しつけてくる方が多かったので辟易していたのですよ。子は授かりものなのに、早く産むのが妻の役目だなどと言うのは時代遅れだと、聡明なレキサンドラ夫人でしたら承知していらっしゃるでしょう?」

そう言いながら、ジェラルドはさりげなく仲の良さを見せつけるように、クリスタの腰を抱き寄せた。

先日の茶会で、レキサンドラ夫人がどのようなことを言ったのか、クリスタは特に言及しなかった。だが、ジェラルドはあの場で給仕をしていたルチルに聞いたそうで、たいそう憤慨していた。

「私にとって何より大事なのは、妻です。まだまだ未熟な夫ですが、クリスタを心から愛しておりますので、これからも彼女と支え合っていきたいと思います」

「……本当に仲が宜しいのですね。素敵な旦那様で、ベルヴェルク夫人はお幸せですこと」

一瞬、レキサンドラ夫人は苛立たしげに目元を引き攣らせたが、さすがは長年にわたって社交界

で睨みをきかせている老獪《ろうかい》な猛者だ。すぐニッコリと笑い、無難な言葉で受け流した。

「では、我々はこの辺りで……どうぞごゆっくり」

レキサンドラ伯爵が言い、夫人を伴って次の客へ挨拶に向かった。

クリスタもジェラルドにエスコートをされ、会場の奥へと進む。

豪奢な会場は涼やかな水色の絹と真珠貝で彩られ、中央では楽団がゆったりした曲を奏でている。

今夜は舞踏会も兼ねているので、客は踊っても、用意されたテーブルで軽食と談笑を楽しんでも良い。

海中をイメージした飾りつけの大広間で、青いドレスや宝飾品を身につけた客達が踊る景色は幻想的で、まるで海の精霊の宮殿にでもいるようだ。

思わず見惚れてしまいそうに美しいが、呑気にうっとりしてはいられない。

「コーラルはいないようだな」

ジェラルドが辺りをそっと見渡して囁いた。

「ベルヴェルク辺境伯、ご無沙汰しておりますな」

「奥様、素敵なお召し物ですわね」

幾人かの貴族に声をかけられながら、一通り大広間を歩くも、やはりコーラルの姿はない。

「夜会は始まったばかりですし、まだ来ていないのかもしれませんね」

クリスタが声を潜めて言うと、ジェラルドも頷いて楽団の方を見た。

「それなら、少し踊らないか?」

か？

「え？　ええ……」

今夜はコーラルやレキサンドラ伯爵の敵情視察が目的なのに、呑気に踊ったりして良いのだろうか？

少々躊躇いながら返事をすると、ジェラルドがクスリと笑って耳元に口を寄せてきた。

「あまり緊張して周囲を見張っていると、怪しまれる。気楽に夜会を楽しんでみせた方がいい」

「あ……っ、そうですね」

確かにジェラルドの言う通りだ。

感情を顔に出さないのは得意な方だが、事態が大事なだけに緊張は拭えない。自分でも気がつかないうちに強張った様子でジロジロと辺りを見渡していれば、幾らなんでも不審そのもの。

それよりもただでさえ目立つ宝石人のジェラルドが踊ることで、周囲の目を自然に引く。娘と一緒に宝石人のディアンも必死に捜しているはずのコーラルから、同じ宝石人同士で庇い合っていないかと、接触を図ってくる可能性も高い。

「まぁ、正直に言えば、クリスタとの良好な夫婦仲を見せつけたいのもあるけれどな。宴席では毎回、大勢の男が君に見惚れているから、俺の愛妻だと知らしめたい」

「ジェラルド様ったら……大袈裟《おおげさ》ですよ」

気恥ずかしくなり視線を逸らすと、こちらを遠巻きに眺めている貴婦人達に気づいた。

その視線の先は、ジェラルドだ。

彼の額に輝く宝石は確かに魔性の美しさだが、それだけがジェラルドの魅力でないのは確かだ。

ジェラルドの方こそ、仮面をつけていた頃は風変わりな変人と遠巻きにされていたのが嘘のように、宴席に行けば女性から熱い視線を送られている。

そして、それに気づくたびに何とも言えないモヤモヤした思いが胸中に広がるのだ。

ジェラルドに恋をするまで、こんな感情は知らなかった。

十分すぎるほどに愛してもらっているのに、時おり怖いくらいの独占欲や嫉妬を抱いてしまう。

ただ……がむしゃらに一人で頑張ると意地を張り、己の幸せは後回しだとどこか冷めた気持ちでいた昔よりも、断然に幸せだ。そして他者に迷惑をかけぬように気をつけつつ、己の欲求や気持ちを素直に出すことを認められるようになったのが、なんだか嬉しい。

「私の方こそ、ジェラルド様の人気に嫉妬しているのです。喜んで踊らせて頂きますわ」

ニッコリとクリスタは微笑み、エスコートで組んでいた腕を解いて、彼と向き合う。

流れている曲はちょうど、ゆっくりとした踊りやすいテンポのものだった。

クリスタも社交界に出るようになってから、踊りの教師をつけてもらい熱心に習った。だが、普通の貴族令嬢なら、少女時代からみっちり習うものなので、まだまだ習得具合は初歩だ。

それでもジェラルドが上手くリードしてくれるおかげで、安心して踊れる。

愛する人に自分だけを見てもらいながら、美しい音色に合わせてゆったりと踊るのは、とても幸福だ。

そんな至福の一時を過ごし、曲が終わるとクリスタ達は踊りの場から離れ、壁際に寄った。

踊っている間に、新たな客が到着したのだろう。

「仮面伯爵は黒水晶の花嫁に恋をする2」
❤新刊発売記念応募者全員サービス❤

※応募者負担あり

書籍1冊ご購入+1,000円分の小為替で、キュートな"ジオラマ風アクリルスタンド"をもれなくプレゼント！下記要項に従ってご応募ください。

※ノベルス、コミックスいずれのご応募でもプレゼント内容は同じです。

対象商品 フェアリーキス(ノベルス)　「仮面伯爵は黒水晶の花嫁に恋をする2」
FK comics(コミックス)　「仮面伯爵は黒水晶の花嫁に恋をする2」

応募締切 2023年10月27日(金) 消印有効

ご用意いただくもの ①記入済みの「応募カード」
②1,000円分の小為替

※複数口ご応募の場合は、口数分の応募カードと小為替をご用意ください。

以上を下記宛先までご送付ください。

宛先 〒102-0073
東京都千代田区九段北3-2-5-5F
(株)Jパブリッシング　フェアリーキス／FK comics編集部
応募者全員サービス係　宛

注意事項
※ご応募に伴う送料・手数料はお客様負担となります。
※応募内容に不備がある場合は応募無効となりますのでご注意ください。
※プレゼントは2023年12月下旬発送予定です。
※ご記載の個人情報は特典発送以外には使用いたしません。
※本企画に関するご質問は弊社HPのお問い合わせフォームよりお送りください。

✂キリトリ

応募カード

ご住所 〒　　ー

おなまえ

様

ご意見・ご感想（※任意）

購入商品にチェックを入れて下さい。
☐コミック
☐ノベル

※作家様・イラストレーター様へのファンレターを同封していただくことも可能です。

大広間には先ほどよりも人が増え、いっそう賑わっていた。

そろそろコーラルも来たかもしれない……と、クリスタが思った時だった。

「これはこれは、噂に名高い宝石人の辺境伯ご夫婦じゃないですか」

傍に寄ってきた若い男に、小馬鹿にするような声と共に酒臭い息を吐きかけられた。

大広間では酒を含む飲み物が幅広く用意されており、客は自由にそれを楽しむことが許される。

……ただし、他の人に迷惑をかけないで楽しむという、常識的な大前提の下ではあるが。

残念ながら、男にはその常識がかけていたようで、見るからに悪酔い状態だった。顔は真っ赤になり、眼もドロリと淀《よど》んでいる。

しかもまだ呑む気なのか、片手にはしっかりと銀の酒杯を握っていた。

「……レキサンドラ家の嫡子、マルモだ」

素早くジェラルドに耳打ちされ、目の前の男の素性が判った。

首に巻いた青絹のクラヴァットから夜会服まで一目で判る上等な身なりをした彼は、見た目の良い両親の血を受け継いだだけあり、よく見ればかなり目鼻立ちも整っている。

だが、どんなに家柄や見目が良かろうと、今の姿はタチの悪い酔っ払い以外の何者でもない。しかもジェラルドから聞いた話では、家を潰す寸前までいった騒ぎも、マルモの酒好きが事の発端だという。

それなのに自分の家の主催する宴で泥酔など、微塵も懲りていないようだ。

「ええ。本日は素晴らしい宴に夫婦でお招き頂きまして、ご両親には感謝をしております」

愛想笑いで対応するジェラルドに倣い、クリスタも呆れを押し隠して微笑む。

しかしマルモはそれを聞くと、いっそう小馬鹿にした様子で鼻を鳴らし、口角を吊《つ》り上げた。

「ああ〜、お気遣いどうも。金儲《もう》けのためなら貴族の矜持《きょうじ》を捨てて、卑しい異国の成金商人とまで交流する両親ですがね。全く〜、嫡子として情けなくなりますよ」

――あの、家を潰しかけた貴方がそれを言います？

呆れて言葉も出ないとは、このことだ。

全ての子どもには生まれ持った性質もあり、必ずしも子育てだけで人格が良くなるとは限らない。

たとえば、ジェラルドの父親は幼い頃から優しい人だったそうだが、その兄である伯父は残忍な性質だった。兄弟で等しく育てられても伯父の性根はますます腐り、最後には罪人に身を落とした。

だから甘やかされていたという噂は聞いていても、実際の様子を知りもしないクリスタが『子の不始末で家が潰れかけたのは、子育てに失敗した親の責任』と、軽々しく断定するつもりはない。

ただ、目の前にいるこの男が、いわゆるロクデナシのドラ息子と称される人間なのは、紛れもない事実のようだ。

「……せっかくの楽しい夜ですから、お互いに良い一時を過ごしましょう」

ジェラルドもうんざりしたのか強引に話を切り上げ、クリスタを連れてその場を離れようとした。

「ハハハ〜、確かに仰る通りですなぁ。今宵《こよい》を楽しもうではありませんかぁ」

しかし、マルモがフラフラとおぼつかない足取りでクリスタの前に出て、行く手を阻む。

「え……？」

「先ほどからぁ、貴女の美しさに見惚れていたのですよ。ぜひ一曲、お相手を～」

そんな泥酔状態で踊る気なのかとか、そもそも主催者の家の者が呑みすぎるなんて……など、もはやどこからツッコめばいいのか分からない。

「せっかくのお誘いを申し訳ありませんが、これから夫と休憩をしようかと……」

何とか穏便に断ろうと、慎重に言葉を選びながら答えていると、マルモがムッとしたように口を曲げた。

「はぁ～？　休憩なんか後でいいでしょう！」

そう言うと、銀杯を持っていない方の手を伸ばし、クリスタの肩を掴もうとした。

その瞬間。

「ぶはっ⁉」

マルモの持っていた銀杯が突如震え出し、中の酒が持ち主めがけてぶちまけられた。

放蕩息子はクリスタに手を伸ばすどころではなくなり、前髪からポタポタと顔に落ちる酒の雫《しずく》を慌てて袖で拭う。

そして真っ赤な顔を歪め、憤怒の表情でジェラルドに向かって怒鳴った。

「俺の杯《さかずき》を押したな⁉　見てみろ！　こんなに汚れてしまったじゃないか！」

突然の大声に、周囲の客がギョッとしたようにお喋りをやめて、こちらを凝視する。

しかし、レキサンドラ家の放蕩息子の素行は、皆に知れ渡っていたのだろう。

わがままな子どものように地団太を踏んで喚くマルモに、冷ややかな視線がそこかしこから注がれる。

「ベルヴェルク卿が押した？　あの位置からではさすがに手が届かないのでは……」

「マルモ様の勘違いではないのかしら？　あんなに酔っていらしたら手元も狂いますものね」

ヒソヒソと遠巻きに囁く声が聞こえてくる。

傍から見れば、酔った男が自分でうっかり酒を零したようにしか見えないだろう。

しかし間近にいたクリスタは、銀杯がひとりでに彼の手から飛び出した後、また素早く戻ったのが、ちゃんと見えた。

（ジェラルド様……？）

チラリとジェラルドを横目で見ると、視線がかち合った。

人の悪い感じでさっと一瞬だけ微笑んだ彼に、より近くへ抱き寄せられる。

「そう仰られましても、私は貴方や杯に直接触れてはおりません。それよりも早く、着替えに行かれた方が宜しいのでは？」

琥珀《こはく》色の酒が散って汚れたマルモのシャツを視線でさし、ジェラルドは冷たく言い放つ。

どうやら思った通り、ジェラルドは銀杯を操って、不遜な男からクリスタを守ってくれたようだ。

「失礼。一部始終を拝見していましたが、確かにベルヴェルク卿はマルモ殿に触れていませんでしたよ」

不意に背後から、落ち着いた男性の声が上がった。

振り向くと、上品な渋い色合いの礼服を着こなす、恰幅《かっぷく》の良い紳士が微笑んでいた。

（っ！　この人が……）

コーラルの姿を直接見たことがないとはいえ、隣国の敏腕実業家として、社交新聞に出ていた似顔絵は覚えていた。

白黒の挿絵だったが、一目で当人だと判ったくらいだから、描いた者は相当に腕が良かったらしい。

コーラルは老人とはいかずともそれなりに年配だが、自信と貫禄に満ち溢れている様が、彼をより若々しく見せているようだ。

「俺の勘違いだとでも言いたいのか？　成金商人が偉そうに！」

マルモが舌打ちし、今度はコーラルを睨んで怒鳴った。

調べによれば、コーラルの裏商売にはレキサンドラ伯爵だけでなく、社交界の女性に顔のきく夫人も関わっているそうだ。

しかし、息子ながら秘密も守れぬ足手まといと思ったのかどうかは定かでないにしろ、マルモは裏取引に関わっていないと見える。

彼がコーラルをただの取引相手……しかも取るに足らぬ平民と見下しているのは明らかだ。

顔を真っ赤にして怒鳴り声を上げる伯爵の息子に対し、コーラルは柔和な笑みを崩さない。

「父上に取り入っていい気になっているようだが……」

なおもマルモが罵倒を続けようとしたが、他の声がそれを遮った。

「一体、何の騒ぎだ」

従者に呼ばれたらしいレキサンドラ伯爵が、慌てて駆けてきた。

「父上！」

強力な味方を得たと思ったのだろう。マルモは、喜色満面で父親を呼んだが……。

「宴席で騒ぎを起こすなど、お前はどこまで私の顔に泥を塗れば気が済むのだ？」

押し殺した声で剣呑に睨まれ、マルモはポカンと口を開けた。信じられないといった、間の抜けた表情になる。

「で、ですが、元はといえば私にベルヴェルク卿が……それに、その商人が口を挟んで……」

「もういい、黙れ」

ピシャリと、レキサンドラ伯爵が冷たい声音で言い放った。

「あれほど自重しろと言ったのに、相当に酔っているようだな。詳しい話は後で聞くが、どうせ今回も、お前が皆様にご迷惑をかけたのだろう」

ため息をつき、レキサンドラ伯爵は頭痛でも堪えるように額を押さえた。

普通なら、諍《いさか》いの原因も聞かずに問答無用で一方を叱るのもどうかと思うが、実際に絡んできたのはマルモの方だ。

日頃の行いと言うべきか、レキサンドラ伯爵も、今まで相当息子に苦労させられてきたのだろうと察せられる。

「皆様には私からお詫びしておく。お前はもう一言も口をきかずに部屋へ戻れ。……これ以上、私を怒らせるな」

静かな怒りを滲ませる父親に、幾分か酔いも冷めたのだろうか。マルモはまだ不服そうな顔はしていたものの、大人しく従者に連れられて会場を去っていった。

その後ろ姿は、伯爵だけでなく周囲の視線も集めてしまっていたが、不穏な空気を吹き飛ばすように、楽団が明るい舞踏曲を演奏し始めると、客達はまた宴を楽しみ始めた。

「まずはベルヴェルク伯。愚息が大変失礼な態度を取ったようで、心よりお詫びをさせて頂きます。情けない親ですが、私にできることがあれば何なりと仰って下さい」

レキサンドラ伯爵から丁重な謝罪を受け、ジェラルドが取り澄ました笑みで応えた。

「どうぞお気になさらず。勘違いなど誰にでもありますし、こうして謝罪を頂ければ十分です」

「そ、そうでしたか、ありがとうございます」

ハンカチで額の汗を拭き、レキサンドラ伯爵が今度はコーラルに向き直る。

「コーラル殿にもご迷惑をかけましたな。全く、いつもながら息子に関しては、お恥ずかしい限りで……」

コーラルとは以前から、表向きのまともな取引でも親しくしているからだろうか。恐縮しつつ、少し砕けた雰囲気でレキサンドラ伯爵が苦笑する。

「いやいや、私はつい口を挟んでしまっただけですよ。年を取ると、どうもお節介な性分になりがちでいけませんなぁ」

コーラルも鷹揚に笑い、和やかな態度を崩さない。一見は、実に非の打ちどころのない好人物といった姿だ。社交界でも商才に長けているだけでなく人格者と評判なのも頷ける。

（でも……よく見ると、なんだか怖い雰囲気の人ね）

ラピスとディアンから、コーラルの本性を聞いていたせいもあるのだろうか。

完璧すぎるほどに人好きのする柔和な笑みが、笑ったピエロの仮面でも張りつけたかのように、なぜか薄ら寒く見える。

しかし、予想外のトラブルが起きたおかげで、せっかく向こうから接触してきてくれたのだ。この機を逃す手はない。

「ところでベルヴェルク伯、コーラル殿との面識はございますか？」

姿勢を正したレキサンドラ伯爵が、優美な手仕草でコーラルを紹介してきた。

こうした宴は元々、社交を深める場である。レキサンドラ伯爵としては、これから宴を盛り上げて主催者としての力量を見せつけることで、息子の大失態を挽回したいところだろう。

「初めてお目にかかりますが、コーラル商会の名はよくお耳にします。貿易業で素晴らしい手腕をお持ちだとか……ジェラルド・ベルヴェルクと申します。こちらは妻のクリスタ。お会いできて光栄です」

ジェラルドが挨拶をし、隣でクリスタもお辞儀をする。

「ベルヴェルク辺境伯夫妻の素晴らしいお話は、我が国にも届いておりますよ。私はしがない平民の貿易商ですが、レキサンドラ伯爵に紹介頂けたことを光栄に思います」

コーラルが挨拶を返し、ジェラルドの額の宝石に目を留める。

「しかし、私も宝石商として長く身を立てておりますが、このように美しい宝石を目にしたのは初めてです。感無量とはこのことですな」

ディアンをずっと手元に置いていたのだから、宝石人など見慣れているはずだ。なのに、いかにも感激した様子で、コーラルはジェラルドの宝石を褒めそやす。

「ありがとうございます。なかなか厄介な宝石ですが、少しでもお目を楽しませられたのならば嬉しいですね」

ジェラルドが普段のように当たり障りのない返答をすると、コーラルは感慨深げに息をついた。

「富には災いがつきものですからな。ご両親がベルヴェルク卿のためにお描きになった絵本を、私も拝見いたしました。親が我が子を想う気持ちが籠った、素晴らしい本だと感激いたしまして……」

不意にコーラルが言葉を切り、自分の手に視線を落とした。

彼の右手には、宝石商らしく豪華な指輪が二つはまっている。大切な人の死を悼む意味を示す黒玉をあしらった指輪と、深い青の美しいラピスラズリの指輪だ。

喪章の指輪は亡くなった彼の妻を示すもので、ラピスラズリの指輪は青を身につけてくるという今夜のドレスコードに沿ったものかもしれない。

コーラルは不意に、悲しみに暮れたような表情でラピスラズリの指輪を撫でたが、顔を上げると何事もなかったかのように柔和な笑みを浮かべた。

「ベルヴェルク卿。奥様を連れての夜会で無粋を承知ですが、宜しければ少しだけ事業に関する交流を深められませんか？　ベルヴェルク領で採れる発光鉱石の破片を使った宝飾品は、ウェネツィアでも必ず大流行すると請け合います」

「喜んで。ただ、あの宝飾品を作るにあたっては、妻も相当に尽力してくれたのです。妻も同席して宜しいでしょうか？」

「もちろんです。こうしてご夫婦で出会えたのも、きっと何かの縁でしょう」

コーラルが愛想よく頷く。

「では、バルコニーのテーブルでしたら静かに歓談できるでしょうから、どうぞ自由にお使い下さい。私はこれにて失礼いたします」

そう言い、レキサンドラ伯爵は足早に立ち去った。

クリスタはジェラルドと腕を組み、コーラルと共にバルコニーへと向かう。

一瞬、胡散《うさん》臭い相手に連れられて、そのお仲間の屋敷で人目を避けて仕事の話をすることに躊躇いを感じたが、心配は杞憂《きゆう》だった。

バルコニーのテーブルセットは、夜会会場の大広間から、ステンドグラスの扉を開けてすぐのところにある。

ここなら静かに語らうだけでなく、少し大声を上げれば簡単に大広間まで聞こえるはずだ。

ジェラルドが椅子を引いてくれ、クリスタは瀟洒なデザインの白いテーブルに着く。隣にはジェラルドが、向かいにはコーラルが座った。

テーブルの頭上には発光鉱石のカンテラが控えめに輝き、大広間から優美な演奏が微かに聞こえる。

「……まずは、最初に謝罪をさせて頂きます」

意外な言葉を切り出したのは、コーラルだった。

「謝罪……ですか？」

ジェラルドが怪訝な顔で尋ねると、コーラルは眉を下げて頷いた。

「先ほど、貴方様の宝石を初めて見たと言いましたが、あれは嘘なのです。実は……私は以前から、宝石人の少年を一人、屋敷で保護しておりました」

「っ⁉」

予想外すぎる告白に、クリスタは耳を疑う。ジェラルドもさすがに驚きを隠せないようで、眼を見開いていた。

コーラルとしては、密かにディアンを取り戻してまた手中に収めたいはず。そのために、彼の存在はひた隠しにすると思っていたのだ。

「大変に無礼をしたのは承知しておりますが、先ほどは周囲の人目があったものですから……宝石人を匿《かくま》う苦労を、ベルヴェルク卿ならご自身の経験からよくご存じでしょう？」

「ええ……まぁ……」

戸惑いながらジェラルドが頷くと、コーラルは悲しそうに眉を下げてみせた。

「件《くだん》の少年はディアンといいまして、私の実子ではありません。十年前に見知らぬ女性が訪ねてきて、生まれたばかりの彼を見せられたのです。我が子が宝石人だと知った夫に売り飛ばされそうなので、自分では守り切れないから預かって欲しいと……」

「……それだけで、見知らぬ相手から子を預かったのですか？」

ジェラルドの問いに、コーラルが苦笑して頷く。

「さすがに、命を預かるなど軽々しく引き受けられません。母子への援助に留めて断ろうとしたのですが、結局は逃げるように押しつけられてしまいましてね。ちょうど私にも娘が生まれたばかりだったのもあり、赤子を見捨てる気にはなれず、ディアンと名づけて匿うことにしました」

そこまで言うと、コーラルは言葉を一度切り、またあのラピスラズリの指輪を弄った。

彼の娘の名の由来にした、あの綺麗な瞳と同じ色の宝石だ。

「当然ながら自由を与えることはできない分、屋敷の一室で専属の乳母をつけ、私の娘のラピスを遊び相手に紹介し、できる限り不自由なく育てさせたつもりだったのですが……あの子は不満だったようです」

ギリ、とコーラルは悔しそうに歯噛みをした。

「私があの子を親元から攫い、私欲のために自由と宝石を奪っていると思ったようでしてね。ラピスを通じて何度も外に出たいと要求してきましたが、私は断りました。もちろん、禁じる理由も説明しましたが、何分まだ子どもですから理解は難しかったのでしょう……ある日、同情したラピスに協力させたらしく二人揃って屋敷を逃げ出しました。ベルヴェルク卿の絵本を読んでいたので、もしやこちらに頼ってきてはいないかと、お話しする機会を窺っていたのです」

「そういうご事情だったのですか……」

悲しみに打ちひしがれた様子のコーラルを、クリスタは慎重に眺めた。

ディアン自身も、己の出生については何も聞かされていないという。

コーラルは表向きこそ慈善者と有名なのだから、宝石人の子が生まれて困った見知らぬ女性に託されたというのも、あながち嘘ではないのかもしれない。

しかし、それ以外の点については、子ども達の証言とまるで違う。

そもそも、ディアンの狂信的とも言えるラピスへの執着ぶりが、全てを物語っていた。

コーラルがほんの僅かでもディアンに優しくしていれば、彼はラピスだけでなくその父親にも好意を示したはず。

でも、閉ざされた世界でディアンに優しくしてくれたのはラピスだけだったからこそ、彼は自分の都合だけで外に出たいとは望まなかった。

ラピスが不本意な結婚を強いられ、彼女と引き裂かれる危機に陥ったからこそ、それなりに居心地のよかった檻《おり》を捨てた。

幼い身で無謀にもほどがあるとはいえ、自分の一番大切な宝を傷つけられる運命から守るために、懸命に動いたのだ。

「……さぞお嬢様がご心配なことでしょう。心中お察しします」

ジェラルドがやや硬い声で呟いた。

コーラルに同情して心配しているようにも聞こえるが、きっと内心は怒りと呆れで煮えくり返っているに違いない。

「っ……ありがとうございます。娘は亡き妻の忘れ形見で、私の唯一の肉親なのです。私の全財産を引き換えにしても惜しくない！　あの子に何かあったらと思うと……」

　感極まったようにコーラルがしゃくり上げ、またラピスラズリの指輪に触れる。

「あの子が産まれた時、このラピスラズリのように青い瞳から、ラピスと名づけました。娘が行方不明になってから、ずっとこの指輪を通じて神に祈りが届けばと思っています。どうか無事で私のもとに帰ってきて欲しい……私の願いは娘の幸せだけです」

　弱々しく訴えるその様子は、どこからどう見ても悲劇の父親像だ。指輪もただのドレスコードというより、娘への愛情アピールの小道具につけてきたのだろう。

　先ほどから思ったが、感情を取り繕い腹の探り合いをするのが日常茶飯事な貴族社会においても、彼は飛び抜けて卓越した演技派に違いない。

　クリスタだって事前に彼の本性を聞いていなければ、大広間でも今ここでも、コロリと騙されて同情してしまっただろう。

「ベルヴェルク卿……図々しさを承知でお願い申し上げたい」

　不意に、テーブルに額をつく勢いでコーラルが頭を下げた。

「もし、ディアンが同じ宝石人である貴方を頼ってきましたら、私に教えて下さい」

「それは……やはり全ての事情を周囲に話し、そのディアンを憲兵に届けるのでしょうか？」

　ジェラルドの問いに、コーラルはゆるゆると頭を振る。

「いいえ。彼に対して色々と思うところはありますが、私はラピスが無事に戻ってきてくれれば、それだけで良いのです。私とて、ディアンの不満にきちんと向き合ってこられなかったのですから、娘さえ無事ならば全て水に流し、彼を無理に連れ戻すこともしません」

顔を上げ、絶対に守りそうもないことを、いっそ清々しいほどにコーラルはキッパリと言い切った。

「……分かりました。クリスタもよく覚えていてくれ」

ジェラルドが微笑み、クリスタも頷いた。

「ええ。もしもお二人が訪ねてきましたら、必ずそのようにお伝えします。きっと、コーラル様のお気持ちを理解することでしょう」

……うん、嘘は言っていない。

クリスタは帰宅したらすぐに、今のコーラルの台詞を残らず子ども達に伝える。

そして彼らは、この男が周囲の同情を引いて自分達を捜し出そうとしている本心を理解し、しっかり警戒できる。

「心強いお言葉に、誠に感謝いたします」

コーラルが丁重に礼を述べ、椅子から立ち上がる。

「申し訳ありません。本当にお仕事の話もしたいところなのですが、何分にも娘が見つからないうちは、気もそぞろになってしまいまして……」

気まずそうに眉を下げたコーラルに、ジェラルドも立ち上がって鷹揚に微笑んだ。

「お気になさらず。また落ち着きましたら、ぜひ商談の機会を設けましょう」

二人は握手をし、コーラルは大広間に戻っていった。

クリスタ達がバルコニーから出ると、コーラルは他の客と談笑していた。

その貴族も、裏帳簿に名前があった人物の一人だ。

もっとも、コーラルと大きな取引をしているのはレキサンドラ伯爵だけで、他に幾人か載っていた貴族は、密輸品を買ったりする顧客だった。

人身売買にまでは関わっていないようだが、それでも罪には変わりないし、レキサンドラ伯爵とコーラルの罪が暴かれれば、芋づる式に彼らの罪も露見するだろう。

早く全てを解決したいと焦る気持ちはあったが、下手に嗅ぎ回りすぎて怪しまれても困る。

今夜はこれ以上の情報収集を諦め、クリスタ達は失礼にならない程度で早めの帰路についた。

「……迂闊だった」

しかし、馬車が走り出すとすぐにジェラルドが呻き、息が止まりそうなほどに強く抱きしめられる。

「っ⁉　何かまずいことでも……？」

馬車の窓にはカーテンが下りているので、大通りを走っていても外から見られる心配はない。

だが、ただ事ならぬ雰囲気に、何か自分の知らぬところで問題があったのかと思ったが……。

「マルモのことだ。触られるのは阻止できたが、クリスタをいやらしい目で見られたのが不快で堪らない。あんな奴につけこまれないよう、もっとくっついて守るべきだった！」

我慢ならないとばかりに憤る彼の言葉に、拍子抜けした。

「そ、それはちょっと……」

普段から夜会では基本的に、ジェラルドにピッタリと身を寄せて歩いている。

もちろんそれに、クリスタも少々気恥ずかしいながら幸せを感じているのだが、さすがにあれ以上くっついたら、歩くどころか抱えられて移動することになる。

「ジェラルド様がちゃんと守って下さったではありませんか。あの銀杯はジェラルド様ですよね？　遅ればせながら、ありがとうございます」

そう感謝を告げると、ジェラルドが強すぎる抱擁をやっと解き、苦笑した。

「やっぱり、クリスタは誤魔化せなかったか」

「能力のことを知らなければ、私もただ酔った方が手元を狂わせたと思ったのでしょうけれど」

ジェラルドは、むやみに他人を揶揄《からか》ったり傷つけたりしない人だ。

夜会での騒ぎはクリスタを守るためだったし、あの泥酔状態では他の人にもさぞ迷惑をかけていただろう。マルモが早めに夜会から退場させられたのは、良かったと思う。

それよりも、クリスタとしてはコーラルの方がよほど不気味で気になる。

ジェラルドの能力を知らなければ、人前で金属を操ってもある程度は誤魔化せるように、コーラルもやすやすと世間に本性を隠し抜いている。

被害者の皮を被った加害者は、特にタチの悪いモノだ。

彼の正体を暴くのは、相当難しいだろう。

「ジェラルド様。少し、思いついたことが……」

クリスタは先ほどから考えていたことを、思い切ってジェラルドに話した。

「――と、いう風にしてみたらと思ったのですが……」

頭の中でよく考えてから話したのだけれど、いざ言葉にしてみたら怖くなり、自信なげに語尾を濁してしまった。

何しろこの案は、クリスタだけでは絶対にできない。

成功するには、ディアンがどれくらい金属を操れるかにかかっている部分が大きく、また上手くいったところでとても危険だ。

しかも、クリスタだけでなく何人もの身を危険に晒す。まさに命がけだ。

コーラルのように狡猾《こうかつ》な相手を騙すには、これくらいしなければ通じないとは思うも、軽々しくやれることではない。

「なるほど。いや、しかし……」

やはりジェラルドも、難しい顔になった。

しばし彼が黙りこくり、馬車の走る音だけが二人を包む。

こんな提案を唐突にされ、無謀すぎると呆れられたのではと不安になる。いたたまれず、クリスタは沈黙を破った。

「軽率だと困らせてしまったなら、申し訳ありません。今のお話はどうか忘……」

忘れて下さいと言おうとしたところで、ジェラルドが大きく息を吐いた。

ポスンと、クリスタの肩に彼が額を乗せる。

「困るのは、軽率だなどと思うからじゃない。もっと君を巻き込まない形で解決したいのに、俺にはこれ以上の案が思いつかないんだ」

「ジェラルド様、では……」

「もちろん、協力を仰ぐ全員に危険性を説明したうえで賛同を得なければいけないが、やるとしても皆の安全には最善を尽くす」

彼が顔を上げ、クリスタを見つめた。

「だからまず、クリスタに確認だ。……俺を信じて、危険な役割を引き受けてくれるか？」

「はい。ジェラルド様なら、必ず守って下さいますもの」

頷くと、微笑んだ彼に頬をそっと両手で挟まれた。

整ったジェラルドの顔が近づいてきて、口づけされる予感に自然とクリスタは目を閉じる。

彼の前髪がさらりと額をくすぐり、唇が触れ合う……寸前に、御者のかけ声が聞こえて馬車が停まった。

ハッと我に返りクリスタが離れると、ジェラルドが恨めしそうに窓のカーテンを開ける。

「お話をしていたら、あっという間でしたね」

「……うちの街屋敷は、こんなに近かったか？」

うっかり雰囲気に流されそうになったのを照れ笑いで誤魔化しながら、クリスタも窓の外を見た。

馬車が到着したのは、王都の屋敷街にあるベルヴェルク家の街屋敷だ。

辺境伯とは普通、王都から離れた国境地域の領地を任されるものだ。しかし、ベルヴェルク領はまだ国土がとても狭い大昔の頃からの辺境伯領だったので、王都ともそれほど離れていない。

さらに、昔にはなかった便利な街道も整備された結果、今では馬車を使えば日帰りで十分行き来できる。ジェラルドもクリスタも、王都に用がある時は日帰りで済ませることが殆どだ。

しかし、夜会など遅くからの催しに参加する時や、用事が数日間にわたる場合もある。そういう時のために、王都に所有している街屋敷は、いつでも使えるように整備されていた。

赤いレンガ造りの屋敷は、物々しい外見のベルヴェルク城とは打って変わり、お伽噺の中に出てくるような可愛らしさだ。

ジェラルドの父が、妻の希望を聞いて細部までこだわって建てたそうで、亡き夫妻の仲睦まじさが伝わってくる。

小さな前庭も、城の庭師が定期的に訪れて綺麗に整えられていた。

開いた窓から夜風が草花の良い香りを運ぶ、上品ながら温かみのある雰囲気の屋敷に、柔らかな灯りがついているのを見上げる。

田舎にある古びた生家とも、ジェラルドと暮らしている堅牢なベルヴェルク城とも違うが、この街屋敷も一目見た時から気に入っていた。

なんだか、この屋敷にある全ての金属達が、主人のジェラルドとその妻になったクリスタを歓迎してくれているような……そんな心地よさを感じるのだ。

「ジェラルド様、奥様、お帰りなさいませ」

玄関口ではダンテとルチルが待っていた。

ジェラルドの手を取ってクリスタが馬車から降りると、ルチルがホッとしたような笑顔で駆け寄る。

「お帰りなさいませ！　……怪しい人は来ませんでしたし、ラピスちゃんとディアンくんも変わりなく過ごしています」

後半はヒソヒソと声を潜めて教えてくれた。

「無事で何よりだ」

ジェラルドが微笑み、クリスタも安堵の息を吐く。

街屋敷の滞在時は、城から少数の使用人を同行する。

執事とクリスタの専属メイドであるダンテとルチルはもちろん、ディアンとラピスも一緒に来ていた。

子ども達を城に残すか、一緒にこちらへ連れてくるかでは、とても迷った。

しかし、コーラル自身が王都にいたとしても、彼の大勢いる手先がベルヴェルク領までやってくるかもしれない。

実際、コーラルは子ども達が宝石人のジェラルドを頼るのではと目星をつけ、今夜は悲劇の父親を装って近づいてきたのだから、懸念はあながち外れてもいなかった。

必要以上に怖がらせたくはなかったが、ラピスとディアンは年齢の割にとても賢く察しが良い。

自分達が追っ手に見つからないよう、街屋敷では庭にも出ないで過ごすと約束してくれた。

「……ジェラルド様。あの……着替えてまいりますね？」

クリスタはチラリと手元に視線をやり、おずおずと伝えた。

馬車を降りてからも、ずっとジェラルドに手を握りしめられているのだ。

「ああ、そうだな」

ジェラルドが名残惜しそうに、ゆっくりとクリスタの手を離す。

「じゃあ、続きはまた後で。夜会で大勢に見られるのは仕方ないが、寝室ではクリスタを俺一人でじっくり見させてもらう」

完全に指先が離れる寸前に、耳元で囁かれた。

何度味わっても慣れない、嬉しくも気恥ずかしくなる甘い雰囲気に、一気に頬が熱くなる。

「……ええ」

小さく頷くのが精一杯で、クリスタは赤くなった顔を急いで背けると、私室に向かった。

6　カフェと男装

レキサンドラ家の夜会から、何事もなく十日が過ぎた。

街屋敷は可愛らしい外見に相応しく、内装も上品ながら温かみのあるデザインで、クリスタに宛がわれた部屋も文句なしに寛げる。

しかし、やることはたくさんあり、時間は有限だ。

ジェラルドは毎日忙しく外出し、クリスタも何かと忙《せわ》しなく過ごしており……。

そして本日ついに、クリスタはルチルを伴って『ある場所』へ出かけることになった。

「わぁ……やっぱり、すごく素敵です！」

眼をキラキラさせたルチルとラピスに拍手をされ、クリスタは照れ笑いをする。

「こういった服装はまだ慣れないから、変でないのなら安心したわ」

姿見に映る自分の姿を、改めて確認する。

クリスタは今、うなじの下で髪を細いリボンで一つに束ね、スラッとした三つ揃いのスーツを身につけている。

黒っぽいシンプルなデザインのスーツに華を添えるよう、首元にはレースで飾られた華やかなタイを巻き、真珠のピンで留めた。

いわゆる、男装である。

胸が目立たないよう布できつく巻いているので苦しいが、スーツは男性物のように見えても、女性が着て見栄えが良くなるように仕立てられた特別なものなので、肩幅などは問題ない。

黒光りする革靴も、背が高く見えるよう踵《かかと》に細工がしてある。いつもより数センチ高い視界が、かなり新鮮だ。

クリスタは元々、女性にしては背が高い方だったので、この靴なら長身とまではいかなくともそこその高さが出る。

顔も、男装が似合うようルチルに化粧を施してもらった。

先日この衣装を手に入れてから、上手く立ち振る舞えるよう何度か着て練習したが、今日は特別にルチルの化粧にも気合が入っているように思える。

「クリスタ、入ってもいいか？」

部屋の扉を叩く音と、ジェラルドの声が聞こえ、クリスタはビクッと肩を跳ねさせた。

「えっ⁉　ジェ、ジェラルド様……もう会合に向かわれたのでは……？」

彼は本日、レキサンドラ伯爵やコーラルも出席する、輸出入についての会合に呼ばれていた。

だから、申し訳ないが今日は支度が忙しいからと見送りを辞去し、彼が出かけてからこの慣れぬ服装になろうと思ったのが……。

「もうすぐ出るが、せっかくだからクリスタの男装を一目見せて欲しい。……多分、俺が戻る前には、いつものように着替えてしまっているだろうからな」

――バレていた。

この数日、男装服を着ての立ち振る舞いをみっちり練習していたが、いつもと全く違う自分をジェラルドに見られるのはなんだか抵抗があり、彼が帰宅する前に着替えていたのだ。

「奥様、旦那様にお見せしないのは勿体ないほど素敵ですよ。自信を持って下さい！」

ラピスからもそんな風に励まされてしまい、クリスタは観念して「どうぞ」と答えた。

「クリスタなら、男装も絶対に綺麗だと……」

扉を開けたジェラルドが、クリスタを見た瞬間に、固まって声を詰まらせた。

「あ、あの……どこかおかしなところがあったら、正直に仰って下さい」

ルチルとラピスは賞賛してくれるけれど、本物の男性からしてみると、目につく点があったのかもしれない。

「奥様って、本当に男装が似合いますよね。色男ぶりで対決したら、ジェラルド様が完全に負けるんじゃないですか？」

彼の背後にいるディアンが、ひそひそとダンテに囁く。

「言葉遣いがまた乱れていますよ、ディアン」

ギロリとダンテがディアンを睨み、軽くため息をついた。

「そして、たとえ事実であろうとも今のような発言は心の中に留め、口には出さないように」

「全然フォローになってないぞ、ダンテ！」

涙目でジェラルドが抗議をしたが、ダンテはどこ吹く風と涼しい顔だ。

「ええと……変なところはなかったということで、宜しいのでしょうか？」

おずおず尋ねると、ジェラルドが困ったように苦笑した。

「ああ。それどころか想像以上に似合っていて驚いたくらいだ」

「ありがとうございます。ルチルとラピスが身支度を手伝ってくれたおかげで、何とか様になりました」

ホッとして、熱心に手伝ってくれた彼女達に微笑む。

すると突然、ディアンが飛び出すように駆けてきて、ラピスをぎゅっと抱きしめた。

「奥様。幾ら色男になれるからって、ラピスを惑わさないで下さいね！」

「ま、惑わす……？」

思いもよらぬ発言に驚いたが、どうやらディアンは本気らしい。警戒心も露わな目で、むくれたように頬を膨らませている。

「ディアン⁉　何を言っているのよ！」

「だってラピスはいつも奥様の男装を絶賛するし、今も見惚れて顔を赤くしていたじゃないか。俺だってそのうち、もっと背が高くなってカッコよくなってみせるから、余所見《よそみ》しないでくれよ」

ひたすら拗《す》ねるディアンと、それを窘《たしな》めるラピスに、思わずクリスタは口元を綻ばせた。

まだ小さな彼らにあまり心労をかけたくなかったが、夜会でコーラルと会ったことや、やはり宝石人の繋がりでジェラルドを訪ねてくるのではと見抜いていたことも教えた。

二人はいっそう用心し、通いの料理人にも見られないよう、休憩時間も外には一歩も出ていない。それでもやはり不安はあるらしく、最近は二人とも段々と無口になり元気がなくなっていくのが、見ているだけで辛かった。

久しぶりに二人の生き生きした姿を見ることができて、本当に嬉しい。

ジェラルドは、自分の城に仕える者は家族同然に思っていると前々から言っていたが、クリスタも今では同じように思っているのだ。

「大丈夫だ、ディアン」

ジェラルドがコホンと咳払いをし、クリスタを抱き寄せる。

「男装の麗人になろうと、他の何になろうと、俺だってクリスタに余所見をされないよう、もっといい男になれるよう努力するからな」

靴で背が高くなったせいで、いつも抱き寄せられている時よりも、顔の距離が近い。

やけにドギマギして視線を彷徨わせていると、ダンテがパンと手を打ち鳴らした。

「はい。どうかその辺りまでで。遅れてしまいますよ」

「そっ、そうですね」

クリスタが頷くと、ジェラルドはやや名残惜しそうな顔をしつつも離してくれた。

「じゃあ、クリスタ。まずは作戦の第一段階だな。お互いに健闘を祈ろう」

「はい！」

気合を入れ直して答えたクリスタに、ルチルが外出用の薄いマントと帽子を渡す。もちろんそれらも、男装に見合ったデザインの小物だ。

ジェラルドもダンテと出かけ、子ども達はクリスタの私室で留守番することになっている。彼らが退屈しないように、様々な本や休憩用のお菓子も用意してある。

そしてクリスタも、メイド用の外出着を羽織ったルチルと馬車に乗り込み、とある店へと行き先を告げた。


輸出入の事業会合を行う場所は、王都に点在する社交用ホールの一つだった。

大抵は大掛かりな夜会を開くのに貴族が借りる場所だが、今日のように商談に関する会合が開かれるなど、用途は様々だ。

輸出入に関する事業をメインに据えた会合だけあり、招待客には他国の人間も多い。

ホールに着くなり、ジェラルドは数人の青年に囲まれた。

いずれも中堅貴族の次男三男で家を継げず、さりとて仕官などもしないでフラフラしている親泣かせの青年達だ。

彼らの両親とは特に親しいわけでもなかったが、そう悪い人物でもないので愛想よく接している。

そんな微妙な距離の間柄なのに、彼らはジェラルドがまるで家族ぐるみの付き合いでもあるかのように馴れ馴れしく話しかけてきた。

「我々は現在、ウェネツィアを相手に事業を計画しております。元手が少なくとも確実に大きな利益が見込めるのですが、ベルヴェルク卿も加入して頂ければ、いっそう大規模にできると……」

ペラペラと喋る青年に、ジェラルドは呆れを隠して愛想笑いを向ける。

本日の会合は、出資仲間を募る目的もあるから、こういう話をしても問題はない。

だが、商談に乗るかどうかは別の話だし、わざわざ泥船に進んで乗るほど愚かではないつもりだ。

リスクもなく、確実に大きな利益が見込めるなんて、そんな上手い話があるわけがない。

大方、誰かの口車に乗せられて騙されているのだろう。

「ここだけの話なのですが……」

ジェラルドがあまり興味を持っていないのを感じ取ったのか、貴族青年は声を潜めて耳打ちしてきた。

「今回の事業は、あのコーラル商会が関わっているのです」

聞き捨てならぬ名前に、ピクリとジェラルドの眉が動いた。

この青年の言う『事業』が、人身売買のことなら、上手く聞き出しておきたい。

「それはすごい。コーラル殿から、直に打診されたのですか？」

軽く探りを入れると、青年は慌てて首を横に振った。

「あ、いえ……直接ではないのですが、コーラル商会に信頼を置かれているという商人から持ちかけられたのです。宝石に目が肥えたウェネツィアでは商品にならない屑《くず》宝石を安くまとめ買いし、こちらで高く売るというもので……」

「はぁ、なるほど……」

肩透かしを食らった気分で、ジェラルドは小さく答えた。

どうやら彼らは単に、詐欺まがいの儲け話に踊らされているだけのようだ。

確かにウェネツィアでは商品にならない屑宝石が大量に出るが、それを安価で輸入しても、高く売るのは難しい。

この国にも隣国から上等の宝石が輸入されるので、富裕層の目は断然肥えている。庶民だって、質の悪い屑宝石に高い金など払わない。というか、高価なアクセサリーなど最初から買わない。

それでも屑宝石を見栄えよく加工する技術も上がってきてはいるが、その手間にかかる費用を考慮すれば、商品の原価は自然と高くなる。

結局、変な商売っ気を出さずに、上等な宝石を仕入れて流行りの細工に仕立てて売る方が、よほどいい。

今まで行われていない取り組みというのは、大抵の場合は先人が思いついている。『誰も思いつかなかった』ではなく『思いついたけれど欠陥があるのでやらなかった』が殆どである。

本当に革新的なものなど、ほんの一握りだ。

「もし事業を起こすのであれば、まずは皆様のご両親にお話をしてみるのは如何でしょう？　大切な我が子の話なら、きっとよく吟味したうえで、忌憚《きたん》のない意見を述べて下さると思います」

暗に『馬鹿を言うなと親に叱られて頭を冷やせ』と告げ、ジェラルドはさっさとその場を後にする。

その後、声をかけられた何人かから特に興味を引く話は聞けなかったが、無事にレキサンドラ伯爵とコーラルを見つけて話しかける。本日の目的は、彼らと話して少しでも怪しい部分をさらに聞き出すことだが……。

(クリスタは一人で大丈夫だろうか？　いや、彼女はしっかりしているし、今回ばかりは俺がついていくわけにはいかないが……)

今の自分の役割に集中しなければと思うも、出がけに見た彼女の姿が脳裏に焼きつき、どうしてもソワソワ落ち着かなくなってくる。

夫としては少々複雑な気分だが、ディアンの言った通り、クリスタの男装はすごすぎた。

彼女はジェラルドの前でこそ、可愛らしい姿をたくさん見せてくれるけれど、基本的には凛《りん》としているしっかりした女性だ。

そして、甘めの可愛い顔立ちというよりも、目鼻立ちの整った涼しげな雰囲気の美女である。

そんな彼女の男装は、妖しささえ感じる中性的で蠱惑《こわく》的な魅力を醸し出していた。

本人は、計画を考えた当初は自分が男装することになるとまでは思っていなかったようだが、それが最善となれば全力で取り組む性格だ。

ジェラルドの前ではまだ慣れない様子だったが、本番ではきっと上手くやるだろう。

そう思うと同時に、やはりモヤモヤと複雑な心境になる。

――男だけじゃなく、女までライバルが増えてしまいそうだ！

クリスタ達を乗せた馬車は、賑やかな通りをしばらく走った後、一軒の店の前で停まった。

他より少しだけ奥まった場所にあるその店は、とある会員制のカフェだ。

丁寧に刈り込まれた高い生け垣が目隠しのようにグルリと取り囲み、瀟洒な扉の脇にある真鍮《しんちゅう》のベルを鳴らすと、すぐに扉が開いた。

半ズボンに長いソックスを合わせた、少し風変わりな従者風の制服を身につけた店員が姿を現す。

その制服もお洒落《しゃれ》で可愛かったが、店員自身も負けていなかった。

クリクリした瞳と特徴的な短い巻き毛が何とも愛らしくて、美少年好きな人なら思わず目を奪われるに違いない。

ただし、彼女はあくまでも侍従風に男装しているだけだが。

ここは、男装をして可愛いメイドに給仕をして欲しい人。同じく男装をした店員に接待をして欲しい人。自分で男装はしないけれど、この店の麗しい従業員とのお喋りを堪能したい人……。

それぞれの趣向に合った接客をしている、男装好きな女性向けのカフェだ。

麗しい執事や可愛らしいメイドや侍従と、容姿も接客も完璧な店員を揃えているらしい。

「いらっしゃいませ。紹介状はお持ちでしょうか？」

さすがは貴族お忍びの高級カフェだけあり、全ての会員の顔が頭に入るよう、しっかりと店の教育が行き届いているのだろう。

店員はクリスタを見るなり、淀みなく尋ねた。

基本的に予約不要であるが、初めての客が利用するには既存の会員と同伴か、紹介状を入手する必要があるのだ。

「これを」

伝手《つて》を使って手に入れていた紹介状を渡すと、店員は中を確認してから、ニコリと微笑んで優美にお辞儀をする。

「失礼いたしました。では、こちらへどうぞ」

クリスタはルチルに帽子とマントを渡し、店員について奥へと足を踏み入れる。

店内には甘い香りが立ち込め、昼にもかかわらず窓は全て深紅の分厚いカーテンが引かれている。陽光の代わりに無数の小さなランプの明かりが煌めき、ごく控えめな音量でレコードの静かな音楽が流れている。

どこか退廃的な雰囲気の中、何組か置かれた立派なソファー席では、美しい侍従や可愛らしいメイドに扮した従業員が、給仕や接客に勤しんでいた。

ビロードのカーテンで仕切られた席には、普通にドレスを着た女性客も幾人かいたが、紳士服を着ている客も、執事や従者風の衣服を着た従業員も、よく見れば全て男装した女性だ。

「こちらで様々なサイズの服も用意しておりますが、お付きの方は着替えをされますか？」

振り向いた店員から急に尋ねられ、ルチルがあわあわとクリスタを見上げる。

「あっ、いえ、私は……」

「彼女はこのままで大丈夫ですよ。私の趣味にまで付き合わせる気はないので」

クリスタは急いで答える。

もっとも、クリスタは男装も自由な趣味だと思うので偏見は持ってはいないけれど、特に好んでいるというわけではない。

今回、わざわざ男装をしてここに来たのは、レキサンドラ夫人がこのカフェの常連客だったからだ。


――この情報は、ハウレスと初めて会った時に、思いがけず聞けたものだ。

『レキサンドラ夫人の趣味に合わせた格好』と言われ、てっきりドレスの色や形かと思ったら、まさかの男装姿という意味だったのである。

何でもこのカフェは、ハウレスの妻も贔屓《ひいき》にしているらしく、そこで同じく常連のレキサンドラ夫人を見かけるそうだ。

先日の夜会の後、その話をふと思い出して、考えついた。

確たる証拠がなくてコーラルやレキサンドラ夫妻を捕えられないなら、彼らをおびき寄せる状況を、こちらがわざと作ってしまえば良いのではと。

あえてこちらから隙を見せ、相手が馬脚を露《あらわ》したところを現行犯で捕まえられれば、言い逃れできない。

翌日にさっそく、ダンテとルチルに子ども達と、ハウレスにも提案すると、皆も賛成してくれた。

そこでまずは、一番付け込みやすそうなレキサンドラ夫人に、さりげなく近づいて話しかける必要があり、このカフェでの接触を選んだ。

何しろクリスタは、レキサンドラ夫人を急に呼び出して一対一でお茶をするほど親しくはない。むしろ今までは必要最低限しか関わらないようにしていたのに、いきなりそんなことをしようものなら、何か企《たくら》んでいますと自白しているようなものだ。

かといって、偶然を装って顔を合わせたとしても、挨拶くらいで終わってしまうだろうし、社交場でも街中でも夫人は大抵いつも取り巻きに囲まれている。

そこで彼女が唯一、取り巻きを連れずに通っているという、このカフェに目をつけたのだ。

レキサンドラ伯爵家については、ハウレスが以前からかなり詳細に調べていた。

今日のように伯爵が会合で一日留守にする時は、夫人は必ずこのカフェに入り浸るらしい。

カフェの紹介状も、ハウレスの妻からもらえる。

『――では大至急で、奥様の寸法に合った男装服を手配いたします。何分、時間がないものですから、既製品に手を加える形となりますが、お許し下さい』

カフェで夫人に接触するということが決まってすぐ、いきなりダンテにそう言われ、クリスタは面食らった。

『えっ!?　いえ、そもそも私は男装を上手くできる自信など、とてもないのですが……』

チラッとルチルを見ると、視線が合った彼女がキョトンと首を傾げた。

うん、文句なしに可愛い……と、クリスタは心の中で再認識する。

ルチルは外見だけでなく、ちょっとした仕草もとても可愛らしい。

根っからの純粋さが滲み出ているからか、誰とでもすぐに仲良くなれるし、茶会に呼ぶ貴婦人からの評判も非常にいい。彼女を引き抜きたがる貴婦人だっていたくらいだ。

だから最初からクリスタは彼女に期待していたし、他の人も当然、彼女を推薦すると思った。

『ええと、ですね……私は可愛らしくて皆に愛される、ルチルが適任だと思います。美少年に扮したルチルを私が連れていけば、きっとレキサンドラ夫人の目にも留まり、会話のきっかけにもなるかと思うのですが……』

そう反論したが、皆から思い切り『反対』と言わんばかりの視線を向けられてしまった。

『奥様、珍しく判断違いをなさっておられますね。今回の件で必要なのは【幅広い層に受けの良い男装】ではなく【レキサンドラ夫人の好みに合う男装】です』

丁寧な口調だが有無を言わせない圧を込めてくるダンテの横で、ハウレスも腕組みをして思案げに顎髭を撫でた。

『そうですな。妻の話によれば、件のカフェは多岐にわたる客の要望に応えられるよう、様々なタイプの見目麗しい従業員を用意しているそうです。ですが、レキサンドラ夫人はかなり好みがはっきりしているそうで、まさにベルヴェルク夫人のような、落ち着いた雰囲気の男装店員ばかり贔屓しているとか……今回はどう考えても貴女様が適任でしょう』

『奥様、せっかく推薦下さったのに申し訳ありませんが、私もダンテさんやハウレス様の意見に賛成です。私と奥様では、まるで違いますもの』

ルチルが控えめに手を挙げると、ラピスとディアンもさっと挙手して賛成と表した。

彼らを見渡したジェラルドに、ニコリと微笑まれた。

『満場一致のようだな。クリスタは男装もきっと似合うだろうから、もっと自信を持ってくれ！』

彼の背後では、全員が満面の笑みでうんうんと頷いている。

『で、では……頑張ります』

このようなやり取りを経て、クリスタの男装は決まったのだった。


「それではこのままご案内しますが、お好みの席はございますか？」

緊張で顔が引き攣りそうになるのを堪えて、クリスタは店内を見渡した。

（――練習通りにやれば大丈夫……な、はずよ）

席はそれぞれ、テーブルの広さや装飾に違いがあり、幾つか空いているものから好きに選べるようだ。

クリスタは好みの席を探す素振りで、懸命にレキサンドラ夫人の姿を探す。

薄暗い店内は見渡しづらかったので、視力の良いルチルも一緒に来てもらったのは正解だった。

ツンツンと、さりげなく腕を指で突いてきた彼女の目線を追うと、一際広い席にゆったりと寛ぐ女性の姿がある。

彼女自身は普通に外出用ドレスの姿で男装はしていないが、隣に執事服を着た優男風の美形店員を置き、満足そうに談笑していた。

「……あちらの席にしてもらえるかしら？」

夫人の席の両隣のうち、幸いにも片方が空いていたので、そちらを示す。

「かしこまりました」

店員が一礼し、指定した席に歩き出す。

クリスタ達はその後をついていったが、レキサンドラ夫人の席の前を通るところで、ルチルが小さく声を上げてつんのめった。

「あっ」

転びかけた彼女は『偶然にも』レキサンドラ夫人の腰かけている半円型のソファーに、持っていたクリスタの帽子を落とす。

「あら、まぁ」

夫人が軽く眉を顰め、席に着いていた店員が素早く帽子を拾い上げて、ルチルに手渡した。

「どうぞ」

「も、申し訳ございません！」

平身低頭で謝るルチルに合わせ、クリスタも男装に相応しく胸に手を当てて謝罪をする。

「彼女の失態は、主人である私の責任です。お寛ぎのところ、大変失礼いたしました」

「ふん。次からは気をつければ……あら？」

クリスタを見たレキサンドラ夫人が、驚いたように目を見開く。

「貴女……ベルヴェルク夫人？」

クリスタも意外そうな表情を作り、愛想よく笑ってみせた。

「ええ。まさか、レキサンドラ夫人とここでお会いできるとは思いませんでした」

「そ、そうね……私も驚いたわ。今まで見かけなかったけれど、ここの常連なのかしら？」

「いいえ。知人から私の好きそうなお店だと紹介状を頂き、初めて来ました」

珍しく動揺気味な様子を見せる夫人に、クリスタはなるべく自然を装って答える。

そして、ここ数日の猛練習を思い出し、彼女にニコッと微笑みかけた。

『——奥様、やり直しです。その程度では世慣れした女性を魅了できません。口角の上げ方をわざとらしくならないよう意識して、もっと蠱惑的に微笑んで下さい』

鬼……いや、魔王のごとき迫力で厳しくダンテに叩き込まれた指導を思い起こして夫人を見つめると、彼女の頬が微かに赤くなった。

「ふぅん……ここは素晴らしい店だから、紹介してもらえたのは運が良かったわよ」

夫人は扇を取り出して顔をパタパタと仰ぎ、広々とした自席の空いている部分を指さした。

「これも何かの縁ね、ご一緒なさらない？　私はここに通って長いから、色々と教えて差し上げてよ」

「宜しいのですか？」

にこやかに言われて驚いたものの、思わぬ僥倖に内心で歓声を上げた。

「では、お言葉に甘えさせて頂きます」

クリスタはうやうやしくお辞儀をし、夫人の示した場所に座る。

しかし、ルチルがソファー席の横に立とうとすると、レキサンドラ夫人が軽く頭を振った。

「ここには使用人専用の控室もあるから、そこで待たせなさい。自分の使用人を同席させる客もいるけれど、私に言わせればこの店に来てまで本物のメイドに付き添わせるなど無粋よ」

「……そ、そうですね」

ルチルと離れるのは不安であるものの、ここで夫人の機嫌を損なうのはまずい。

あとは一人で頑張ると、心配そうな彼女にこっそり目配《めくば》せをし、案内をしてくれていた店員と控室に行ってもらう。

「この店のお茶はどれも絶品だけれど、私のお勧めを教えてあげるわ」

席に残ったクリスタに、レキサンドラ夫人はかつてないほど愛想よく笑いかけてきた。

あまりにも普段と違いすぎて少々不気味だったが、クリスタも精一杯に愛想よく応え、お勧めされたハーブティーのブレンドを頼む。

執事風の店員が、注文を取り終えると席を外し、クリスタとレキサンドラ夫人だけになった。

「それにしても貴女の男装は、本当によく似合っていてよ」

「目の肥えたレキサンドラ夫人にそう仰って頂けるとは光栄です」

見るからに上機嫌の夫人に『女性に受けの良い笑顔』を心がけながら微笑みかけると、ますます彼女は気を良くしたようだった。

「もっと前から、こうしてお会いできていれば良かったわ。貴女はなかなかしっかりしているけれど堅苦しくて面白味のない人だなんて、誤解していたようね」

そうするうちに執事風の店員が茶器のセットを持って戻り、夫人を挟んでクリスタの反対側へと腰を下ろした。

丁寧に茶葉の種類を説明され、淹れてもらったハーブティーは、評判の店だけあってとても美味しい。

両脇を執事風の店員とクリスタに挟まれたレキサンドラ夫人は引き続き上機嫌で、普段よりもいっそう饒舌《じょうぜつ》になっていた。

「――だからね、私はその可哀想《かわいそう》な方に、夫婦円満の秘訣《ひけつ》を教えてあげて――」

ただでさえお喋りの多い人だから、その早口は凄まじい。

クリスタは店員と共に適度に相槌《あいづち》を打ちつつ、彼女が喉を潤そうとお茶に口をつけたタイミングで、やっと話を切り出すのに成功した。

「本当にレキサンドラ夫人と旦那様は、ご夫婦仲が良くて羨ましいですね。できれば、私もずっとそうありたいのですが……」

少々わざとらしいかなと思いつつ顔を曇らせると、途端に夫人の目がキランと輝いた気がした。

「あら！　先日に我が家へいらした時は、随分と仲睦まじそうだったけれど、何かあったの？」

「あ……それは……」

仕事の邪魔をして申し訳ないと詫びつつ、クリスタは同席している店員をチラリと見る。

夫人はすぐそれに気づき、二人で話したいと察してくれたようだ。

「人前で話しにくいことなら、私だけに聞かせてちょうだい」

夫人は、席に着いていた店員に少し外すよう言い、改めてクリスタに向き直る。

「さぁさぁ、何でも話しなさい。私はすっかり貴女が気に入りましたから、力になるわ」

心配そうに眉を下げながらも、明らかにいざこざ話を期待している様子の夫人に、クリスタは力なく苦笑してみせる。

「実は先日の夜会の後、夫と揉めてしまったのです」

「あらあら、夫婦喧嘩の原因は何なの？」

「それが……」

夫人の興味を最大限に惹きつけるべく、少し勿体ぶって言葉を詰まらせてから、クリスタは彼女の耳元に口を寄せて囁いた。

「夫が私に内緒で、二人も子どもを匿っていたのですよ。偶然にそれを知って、もうショックで……」

ジェラルドと不仲なような嘘を話すなんて嫌だし、すごく躊躇いがあるけれど、こうやって話すのが一番効果的だ。

夫人は一瞬、目をまん丸くして固まっていたが、次の瞬間に甲高い声が上がった。

「んまぁっ！　子ども!?　しかも、二人もですって!?」

静かなカフェの中でその声は目立ち、他の席からの視線が集まる。

「レキサンドラ夫人っ、申し訳ございませんが、少しお声を……」

クリスタが指を口に当ててしーっと合図すると、夫人はハッと我に返ったように扇で口元を覆った。

「ごめんなさいね。あまりにもひどいと驚いたものですから……ベルヴェルク夫人の心中をお察ししますわ。さぞ傷ついたでしょうね」

声を潜めて囁いた彼女は、一見痛ましそうな表情を作ってはいたものの、その目には隠し切れない喜びの色がある。

先日の夜会で、子作りに関して口を出すなとジェラルドから遠回しに当てこすられたから、余計に今の話は愉快で仕方ないのだろう。

「はい……まさか、こんな隠し事をされるなんて、思ってもみなかったのです」

目を伏せて沈痛な面持ちを作ると、さらに夫人は身を乗り出してきた。

「それで、どうしたの？　子どもの母親には会えたのでしょうね？」

「いえ、あの……」

「駄目よ、駄目駄目駄目！　地位のある男性なら愛人を囲うのも無理はないけれど、貴女は正式な妻なのよ。自分との立場の違いを分からせておかなくてどうするの！　こういうことは最初が肝心なのよ」

興奮で鼻息も荒く、夫人が断言する。

「ここで甘く見られたら、貴女がこれから懐妊したとしても、先に産んだからと、最悪は将来の跡継ぎ問題にまで発展しかねないわ。でも、私が力になってあげますからご安心なさってね。ジェラルド様の愛人が誰か判り次第、さっそく詳しい打ち合わせを……」

「そっ、それなのですが、あの子達は別に、ジェラルド様のお子ではないと思うのです……」

鼻先がくっつきそうなくらいに身を乗り出してきた夫人に、慌てて説明する。

まずは興味を引かなければと思ったが、どうやらやりすぎたようだ。

「……は？」

隠し子の予想で顔を輝かせていた夫人が、ポカンと口を開けて固まる。

「私の説明が紛らわしくて、誠に申し訳ございません。子どもはどちらも十歳くらいの男女で、ウェネツィアの知人から預かった子達とだけ聞いております」

「ふぅん……その年頃なら、ジェラルド様のお子にしては大きすぎるものねぇ」

見るからに落胆した様子で夫人は呟いたものの、ふと何かに気づいたらしい。

「……確かにその子達は、ウェネツィアから来たのね？　ジェラルド様は、その預かった知人とどういったご関係なのかしら？」

今度は先ほどのように下世話な期待いっぱいといった様子ではなく、やや慎重気味に尋ねてきた。

この質問は当然来ると思っていたので、答えはちゃんと考えてある。

「ジェラルド様は、ただ知人と仰るだけで、それ以上の詳しいことは教えて下さらないのです。ですが、女の子は金髪碧眼のとても可愛らしい子で、二人ともウェネツィア風の服を着ていましたから、隣国から来たのは間違いないと思われます」

「そうなの……十歳くらいの男の子と、女の子に間違いないのね」

夫人もレキサンドラ伯爵と同じく犯罪に加担している以上、コーラルの本性や娘の逃げた原因も知っているはず。ラピスとディアン失踪の事件を、コーラルが自分に都合よくクリスタ達に話したのも承知だろう。

そこへ今の話を聞かされれば、その子達がラピスとディアンの年齢などに一致していると気づくのは自然だ。

そして逆に、こんな話をうかうかと自分にしてしまうクリスタは、まさかコーラルが捜している子ども達のこととは思いもせず、単に夫に腹を立てて周りが見えない愚者に見えるはずだ。

「城の離れでこっそり使用人に世話をさせていたようで、私の専属メイドが偶然に見つけてくれるまで、まるで気がつきませんでしたわ」

はぁ、と大袈裟にため息をついてみせた。

「私とて子どもが嫌いなわけではなく、ジェラルド様から知人の子を預かると言って下されば反対などしなかったのに……それに、二人の名前や誰から預かったかも教えてくれないので、私もつい腹が立って険悪な雰囲気になってしまいました。そんな時にちょうどこのカフェの紹介を頂いたので、思い切って気晴らしに来たというわけです」

フフッと笑い、男装服の襟元を摘まんでみせた。

「そういうことだったのね」

合点がいったとばかりに、夫人が深く頷く。

そして再び、身を乗り出すようにしてクリスタへ顔を寄せた。香水のキツイ匂いがプンと鼻を突く。

「その子達の名前は教えてもらえなかったにしろ、年齢や見た目はご存じなのよね？　金髪碧眼の女の子は判ったけれど、男の子はどんな子だったのかしら？」

「それが……男の子の方は、よく判らないのです」

「判らない？」

「子ども達を見つけた時に少し対面しただけですが、男の子は人見知りなのかフードをずっと目深に被っていたので、顔がよく見えませんでした。ただ、とても仲の良さそうな子達でしたから、兄妹かもしれませんね」

顔を隠している男の子だと、宝石人を匂わせるように言うと、夫人の目が邪悪な感じに輝いた。

「ふぅん……それなら私に、ジェラルド様と仲直りをする良い考えがあるわ」

ニタリと、夫人が唇を吊り上げた。

「何ですか？　ぜひ、お聞かせ下さい！」

貴女だけが頼りだという風に縋ってみせると、夫人の笑みがますます深まる。

「子ども達と親しくなりたいと言って、どこか外出の提案でもするのよ。子ども達が貴女に懐けば、ジェラルド様もきっと、優しい妻だと見直してくれるでしょうね」

「でも、あまり街中には出たくないようですから……あっ！　静かな場所へ、ピクニックに連れていきたいと提案するのはどうでしょうか？」

クリスタの発言に、夫人は少し考えてから、すぐ嬉しそうに頷いた。

「それよ。ベルヴェルク城の近くには確か、静かな丘があったでしょう？　ジェラルド様がその子達を預かっているのを公にしたくないのなら、護衛などとはつけず、お忍びでピクニックに行けばいいじゃない。その年頃の子は、戸外で思う存分に遊びたい盛りのはずよ」

「確かに！　さすが、子育て経験のある方は、よくご存じですね」

素直に感嘆してみせたものの、ゾクリと悪寒が背筋を走った。

ベルヴェルク城の近くにある丘は、特に観光名所でもなく、また街からも少し離れているために、人は滅多に来ない。

近くにはうっそうとした森が広がっているので、それを手入れする木こり小屋が設置されているけれど、そこも普段は無人だ。

実のところ、レキサンドラ夫人がどんな回答をしてこようと、子ども達を連れてその場所へピクニックに行くという会話の流れを作り出すつもりだった。

しかし、夫人は会話の誘導には気づいていないようだが、ごく自然にその場所を提示してきて驚愕した。

どうやらレキサンドラ夫人は、思っていた以上にベルヴェルク領内のことを調べていたらしい。

「日程が決まったら、私にこっそり連絡を寄越《よこ》して、詳しい時間などを教えなさい。これは全部貴女の発案だとする方がジェラルド様の心象はより良いでしょう。あとは日程が判れば、もっと良いアドバイスをしてあげるわ」

「ありがとうございます。では、先ほど連れていたルチルに連絡を持たせますね。彼女はこの件に関して、完全に私の味方でいてくれるので、今日のことも含めて全て内密にお願いいたします」

「ええ。そうなさい」

満足そうに夫人が頷き、クリスタは壁の時計を見る。

「夫人とのお話が楽しくて、つい時間が過ぎるのを忘れてしまいました。名残惜しいですが、そろそろ……」

「もうお帰りになるのね。またそのお姿で会えるのを楽しみにしているわ」

親しげに手を握られてギョッとしたが、何とか笑みを崩さずにその場を離れる。

どうやらクリスタの男装は、かなりレキサンドラ夫人に気に入られたようだ。

人身売買などやっている相手に気に入られても複雑な気分だが、おかげで目的も無事に果たせたのだから、結果良しとしよう。

クリスタはルチルと馬車に乗り、緊張からようやく解放されて帰路についた。

7　怒りと暴走

気持ち良い青空の下、クリスタ達は馬車で城を出た。

つい二日前に、ようやく諸々《もろもろ》の準備を終えて王都から城に戻ったが、ここからが本番である。

先日、レキサンドラ夫人宛てに『ピクニックの案をジェラルドが喜び、滞りなく行けることになった』という旨の手紙を、日程も書いてルチルに届けてもらった。

すると夫人はすぐにその場で返事を書き始め、今回のピクニックはあくまでもクリスタの提案にするようにと、再度念を押してきた。

こちらの罠《わな》と気づかず、上手くクリスタを騙せていると思い込ませられたようだ。

そういうわけで今日は表向き、お忍びで近場にピクニックということになっているので、護衛兵は伴っていない。

ダンテとルチルは御者台で、クリスタはジェラルドと、子ども達を連れて乗っている。

「……私のお父様のせいで、旦那様や奥様まで巻き込んでしまい、本当に申し訳ございません」

何となく気詰まりな沈黙が車内に満ちる中、ラピスが耐え切れなくなったようにポツリと零した。

「ラピスが気にする必要はない。レキサンドラ伯爵がたとえコーラルと組んでいなかったにせよ、遅かれ早かれ俺に手を出していたはずだ。手遅れにならないうちに発覚したからこそ、こうして対処が可能になった」

ジェラルドが優しく言い、クリスタも微笑んで頷いた。

「ええ。それに、娘の貴女が優しい思いやりを持っていたからこそ、誘拐事件の解決に繋がる情報も手に入れられたのよ」

「奥様……旦那様……」

クスンと鼻を啜ったラピスの手を、隣に座っているディアンが両手で包むように握りしめた。

「だいたい、親と子は別の生き物なんだって。俺はラピスをコーラルの娘だからって責めたりしないし、コーラルをラピスの親だからって好きにはならない。そういうことだよ」

きっぱりと断言し、ディアンはハンカチと液体の入った小瓶をポケットから取り出す。

少量の液体をハンカチに染み込ませ、額をごしごし拭って宝石を覆い隠していた化粧を落とした。

馬車に乗るまでは、普段通りに宝石を隠していた彼だが、今日はあえてこれを見せる相手がいる。

「なぁラピス、上手く取れたかな?」

そう尋ねて前髪をかき上げるディアンの袖口から、まだ華奢な手首がチラリと覗く。

その手首には左右それぞれ、奇妙な模様の刺青が腕輪のように、幾つも小さく並んでいた。

最初に会った時から、彼はいつも袖が余るような大きめの服を着ていたし、城に来てからの彼はもっぱらジェラルドやダンテと過ごしていたので、クリスタが刺青に気づいたのはごく最近だ。

ディアンは自分の出生を知らないように、この刺青もいつ彫られたのか知らないという。物心ついた時にはもうあったらしい。

そんな刺青に目を留めたのは、なんとハウレスだった。


『――ん？　その刺青は……』


先日、コーラルとレキサンドラ夫妻を捕える計画の大詰めを皆でしていた時、不意にハウレスがディアンの手首を見て声を上げた。

『これ？　覚えてないけど、すごく小さい時につけられたみたいです。気がついた時にはもう、こうなっていたし』

ディアンが袖を少しずらして見せると、ハウレスは興味津々といった感じで身を乗り出した。

『ふぅむ……なるほど。ディアン、君の出生は不明というが、もしかしたらこの刺青が手がかりになるかもしれんな』

『ディアンの両親が見つかるかもしれないんですか!?』

それを聞くやいなや、いつも静かなラピスが大きな声と共に立ち上がった。

『あ……いや、確実とは言えないのだが……』

ハウレスが目を丸くした後、気まずそうに言葉を濁す。

『ハウレス殿、何かその刺青に心当たりがあるのですか？』

そう尋ねたジェラルドと共に、その場にいる全員の視線がハウレスに集まった。特に、両手を握りしめたラピスは食い入るように彼を見つめている。

『実は若い頃、軍務でウェネツィアに足を運んだ時に、あちらの考古学者と意気投合しましてな。家に呼ばれて飲み明かしたついでに、その刺青に似た模様の載った文献を見せてもらったのですよ』

予想以上に注目を受けて驚いたのか、ハウレスはやや気まずそうな顔で顎髭を撫でた。

『確か、ウェネツィアに古くから伝わる少数民族のもので、生まれてすぐ両手首に刺青をする風習があると記されていたようなのですが……ただ、何分にもかなり酔っていましたので、あまり正確には覚えていないのですよ』

『では、その学者様を改めて訪ねれば、文献を見せて頂くことは可能でしょうか？』

今すぐには無理だとしても、事態が落ち着いたら隣国へ行って調べものくらいできるだろう。

しかし、クリスタの問いに対し、ハウレスは首を横に振った。

『残念ながら、件の学者は高齢だったのですでに亡くなっております。身寄りもなかったそうなので、所持していた価値ある歴史書や文献も、あちこちに買い取られたとか……』

『別に、俺は実の親を捜したいなんて思ってないですよ。俺にはラピスがいるから』

少々慌てたように、ディアンが口を挟んだ。

チラチラと不安そうにラピスを見る彼の心の内が、クリスタは何となく透けて見えるような気がする。

コーラルが大勢の子どもを攫っていたと打ち明けた後、ラピスはこっそりとクリスタにも自分の心の内を話してくれた。

曰《いわ》く、宝石人のディアンはコーラルによって親元から攫われてきたのではないかと……。

当のディアンは、自分の生い立ちに関して驚くほど無関心を貫いているらしい。

それをラピスは、ディアンが自分に対して気を遣っているのではと言うが、クリスタは少し違うように思えた。

ディアンはきっと、怖いのだ。

もし本当にディアンがどこからか攫われたと判明したら、ラピスはきっと彼に対して、ひどく罪悪感を抱く。

ラピス自身が行った罪ではないとはいえ、親がやった悪行を自分とは無関係だときっぱり割り切るには、彼女はあまりにも優しくて抱え込みすぎる。

しかし、このまま有耶無耶《うやむや》にしていても、ラピスの心が晴れることはないだろう。

コーラルの言い分通りに、ディアンの母が彼を人格者と信頼して預けたという可能性もあるが、父親の悪人ぶりをよく知っている以上、攫ってきたのではという疑いの方が強いはず。

だからクリスタは、あえて提案した。

『ウェネツィアには知己がおります。時間がかかるかもしれませんが、文献を買い取った方を探し、ディアンの刺青に関係があるかも調べてみましょう』

『ちょっ……奥様ぁ!?』

素っ頓狂な悲鳴を上げたディアンに、ニコリと微笑みかけた。

『大丈夫よ、ディアン。もし手がかりが見つかっても、貴方を無理にご両親と引き合わせたりはしないわ』

『そ、それならいいんですけど……』

ディアンがホッとしたような顔になり、深く息を吐いた。それから彼は少し拗ねたような目で、ラピスを見る。

『前から思ってたけど、どうしてラピスは俺の親が見つかって欲しいなんて思うんだよ。もし、親が見つかったら、そっちに行けって言うのか？』

『ディアンこそ、もし血の繋がった家族が見つかっても、私とずっと一緒にいてくれるの？』

『当たり前だろ！』

『だったら、両親が見つかってもいいじゃない。お互いに無事でいるのを確認できるだけでも違うと思うのよ』

『う……』

完全に言い負かされ、ディアンは目を白黒させて押し黙る。

『私だって、血の繋がったお父様よりも、ディアンの方がずっと好き。でも、今もディアンを捜して心配している人達がいたらと思うと、やっぱり辛いの』

『……そう、なのか』

『うん。だって、私はもしディアンと引き離されたら、辛くて堪らないわ。何年かかっても、絶対に見つけようとして、いつまでも捜し続けるもの』

ラピスの真剣な眼差しに、ディアンも根負けしたらしい。

『奥様、お願いします。俺の刺青とか出身を、調べて下さい』

ペコリとディアンが頭を下げ、クリスタは頷いた。

『ええ。今の事態が落ち着いたら、なるべく早く調べるわ』


――そんなやり取りを思い出し、クリスタはディアンの刺青を眺めた。

おそらく赤子の頃に彫られたであろうディアンの刺青は、身体の成長に伴って歪んでしまっているし、かなり色も褪《あ》せてきている。

幾つも並んでいる奇妙な小さい模様は、見知らぬ文字のようにも思えるが、クリスタが幾つか知っているどの言語にも当てはまらない。

ダンテやジェラルドもかなりの言語に精通しているのに、彼らにも解らないという。

なかなか大変そうだが、今日のことが終わったら、できるだけ調べるつもりだ。


「ええと、もう少し……はい。ちゃんと取れたわ」

俯いていたラピスがようやく顔を上げた。

ハンカチを受け取り、ディアンの宝石にこびりついていた僅かな化粧を丁寧に拭う。

「ありがと。これで隠せるって周囲にバレたら厄介だもんな」

こうして仲の良さを自然と滲ませる子ども達の姿は、本当に微笑ましい。

「今日は気持ちの良い天気ね。せっかく料理長が美味しそうなお弁当を作ってくれたから、これを食べる時間は確保したいところよね」

話題を変えようと、クリスタは膝に置いた大きなバスケットを指した。

城の皆を信用していないわけではないが、敵を騙すにはまず味方からともよく言われる。

どこにコーラルの手先の目があるか判らないので、皆には徹底して普段通りに生活してもらえるよう、今日もただ近場へピクニックに行くとだけ伝えてある。

よって、料理長は張り切って六人分の昼食を用意してくれたのだ。

「はい。私も少しだけお手伝いしましたが、とっても美味しそうでした！」

そう言ったラピスは、まだ若干苦しそうながら、段々と笑顔が戻っている。

ホッとした様子のディアンが、不意にニヤリと笑って、バスケットとラピスを交互に見た。

「俺、ラピスが作ったやつが食べたい。どれを作ったか後で教えてくれよ」

「ディアンってば！　奥様と旦那様が先に決まっているでしょう」

「分かってるよ。ラピスの作ったものは俺のために残しておいて下さいって頼むだけ」

「もうっ！　それじゃ先に選んでいるのと変わらないじゃない。料理長さんは、これからも色々と教えると約束してくれたから、ディアンが欲しいならいつでも作ってあげる」

そんな可愛らしいやり取りをする彼らを眺め、クリスタとジェラルドは顔を見合わせて思わず笑い合う。

馬車はその間も順調に進み、やがて目的地の丘に着いた。

なだらかな丘には野生の花が咲き乱れ、森の傍にある木こり小屋までは曲がりくねった道が作られている。

この森では、年に何度か近場の領民が集まり、増えすぎた木を切って薪《まき》用に無料で持ち帰るのを許可している。

その際に、領民達は丘の手入れもしてくれるので、木こり小屋への道が雑草で塞がれることもなかった。

麓には一人の領民男性が待っていて、クリスタ達は馬車を降りる。

この男性は木こり小屋の管理を定期的に行っていて、今日は馬車を預かってくれるよう頼んでおいたのだ。

夕方まで彼の家で馬を休ませ、時間になったらまたここへ届けてくれる。

男性が馬車を走らせていく後ろ姿を見送り、クリスタ達は丘を登り始めた。

六人分の食事が入っているバスケットはそれなりに大きくて重いのだが、取手を取りつける部分に金具があれば、籐《とう》を編んで作られていても、ディアンは十分に操れるらしい。

羽根のような軽さにしたバスケットの取手をラピスと左右に並んで一緒に持ち、ご機嫌で曲がりくねった道を上っていく。

クリスタを含む大人は、その微笑ましい姿の後ろから、ゆっくりと歩いていった。

木こり小屋の脇には、どっしりとした太い古木があり、葉の生い茂る枝がちょうど良い木陰を作り出している。

木の葉の香りも良く、お弁当を食べるのにはうってつけの場所だ。

ダンテが持ってきた敷物を広げ、ルチルが手早く水筒から飲み物を用意する。

子ども達も何か手伝おうとしていたが、今日は戸外での動き方を見学するようにと二人に言われ、大人しくクリスタとジェラルドと共に座っていた。

素晴らしい手際の良さで昼食の用意がされ、皆で円になって敷物の上に座る。

バスケットを開くと、目に飛び込んできた料理に、クリスタは思わず歓声を上げた。

手に持って気軽に食べられるようにしてあるパンは、野菜や卵、エビやベーコンを彩りよく挟んである。味はもちろんのこと、目にも楽しい。

そして、自然の中で皆と食べる非日常の食事は、いっそう美味しく感じる。

周囲に気を配りつつ、和気あいあいと食事を終えて一休みしたところで、不意に遠くから馬車の音と、多数の馬が走る大きな音が近づいてきた。

「っ！」

瞬時にラピスが立ち上がり、用意していた小型望遠鏡で素早く音の方を確かめる。

その横顔から、みるみるうちに血の気が引いていった。

「ラピス……」

クリスタが声をかけると、青褪めたラピスが震える声を絞り出す。

「お、お父様の馬車です……護衛もたくさん……」

戦慄く少女の手から、クリスタは望遠鏡を受け取って即座に確認する。

黒塗りの車体に金飾りのついた四頭立ての大きな馬車と、それを囲むように走る、武装をした二十近い騎馬がこちらに向かってきている。

続いてジェラルドとダンテも一団を確認し、頷いた。

「ジェラルド様。護衛として許容できないと十分に断れる人数です」

「そうだな。即刻の退去を要請し、応じない場合は実力行使で対応する」

基本的に、護衛として認められる人数以上の私兵を伴って他領地に入るのはご法度だ。

もっとも以前、クリスタがダンテの率いてきた大人数の兵を『護衛』としたように、明らかに領地の人間のために行ったのなら、納得の上で目を瞑《つぶ》ることも可能だ。

けれど、今回はもちろん、そんなことを許すつもりはない。

（まず、これで違反が一つ！）

クリスタは急いで撮影用の魔道具をポケットから取り出し、騎馬の一団に向けてボタンになっている石を押す。

手の平に載る大きさの半球型をした魔道具は、ピカリと光って、透明だった表面に騎馬と馬車が走ってくる姿を浮かび上がらせた。

これ一つで新品の馬車が購入できるほど高価な魔道具だが、コーラルを追及する材料はなるべく多い方が良い。

これで紛れもなく彼の方から、必要以上の武装をしてベルヴェルク領にやってきたという証拠になる。

足の速い騎馬はすぐに丘へ辿り着き、コーラルが馬車から降りるのが見えた。

武装した男達が馬を手近な木に繋ぎ、コーラルを中心にして、クリスタ達の方へ向かってくる。

「おおっ！　ラピス！」

ラピスを見た途端、コーラルが大仰に手を広げた。

「無事で良かった……どんなにお前を捜したことか！」

「ひっ！」

ラピスが短い悲鳴を上げて、ディアンにしがみつく。

「ラピス、怖がらなくてもいい。何か誤解をして家出などしたようだが、お前は私の宝物だ。ディアンも今後は好きに生きなさい。怒らないと約束するから、ひとまずは二人とも帰っておいで」

猫撫で声で近寄ろうとしてくるコーラルの前に、ジェラルドが一歩踏み出して牽制《けんせい》した。

「ご無沙汰しております、コーラル殿。本日はどうなさいましたか？　そのように多数の武装兵を伴う訪問は、事前にご連絡頂きたいのですが」

冷ややかな目で問うジェラルドに、コーラルは素直に頭を下げた。

「誠に申し訳ございません。必死で捜していた我が子がこちらにいるようだと聞きつけ、礼儀も忘れて駆けつけてしまいました」

「ほぅ？　私は貴方にご連絡した覚えはありませんが、どちらからお聞きしたのですか？」

「それは……匿名にしたいとの旨を頂いているので、さる高貴な方とだけ言わせて下さい」

そう答えたコーラルは、夜会で振りまいていたような柔和な表情を浮かべていたが、鋭く光る目は笑っていない。

「ベルヴェルク卿がその子達を手元に置いていた理由も、あえては聞きません。とにかく、私は娘を案じる一心で馳せ参じたのです」

「よく言うよ。ラピスを品物みたいに売り飛ばそうとしたクセに」

ディアンが憎悪の籠った目で睨みながら唸《うな》ったが、コーラルは平然と苦笑して受け流した。

「ラピスに縁談を持ってきたのを、誤解しているようだな。私は何も、結婚を無理強いするつもりなどなかった。ただ、私に何かあっても母親のいないラピスが一人になってしまわぬようにと不安だったのだよ。そのせいで、まだ小さなうちから縁談など先走ったのは反省しているが……」

「っ……嘘つき！　お父様の嘘つき！」

ペラペラと流暢《りゅうちょう》に喋るコーラルの言い訳を、ラピスの沈痛な叫びが遮った。

ディアンの袖を握る手をブルブルと震わせて、細い小さな身体から信じられないほどの大声を出し彼女は叫ぶ。

「私の気持ちなんか結婚には関係ないと言ったじゃない！　私が貴族と結婚して跡継ぎを産めば、コーラル商会は安泰だって！　私にはそれしか価値がない、そのためだけに育ててやったと……だから私、もうお父様に愛されるのは諦めたのよ！　ディアンが傍にいてくれなければ、私はきっと、あのまま自分で死んじゃっていたわ！」

「ラ、ラピス！　お前は何を……」

従順で大人しいはずの娘から思わぬ反論をされ、コーラルは狼狽えた様子を見せた。

「そんなことまで言っていたなんて……ひどすぎます……」

ルチルが押し殺した声で呟く。

クリスタはもちろん、ダンテやジェラルドも心底軽蔑を込めた目をコーラルに向けた。

縁談の件は聞いていたし、家出を決意するくらいだから、さぞひどいことを言われたせいとは思っていた。

言葉でも人は殺せる。コーラルが娘の心を抉った言葉は、それくらい残酷なものだ。

「コーラル殿。先日に貴方から聞いた話と子ども達の話とでは、随分と食い違いがある。なので、私は彼らの意思を尊重して連絡をしなかった。そして、このまま渡すわけにもいかない」

冷ややかにジェラルドが言い、懐から小さなノートを取り出して見せた。

「っ‼」

それを見た途端、コーラルの顔が僅かに歪んだ。

「裏帳簿の一冊を、子ども達は屋敷から逃げる前に持ち出していた。密輸に人身売買と、貴方の犯した数々の罪が、これに記録されている」

「ハ、ハハ……裏帳簿？　そんなものは、偽物に決まっております。私の成功を妬む者は多いですからな。お疑いなら、ご自分で調べてみては？」

さすがは、長年狡猾な手段で財を成してきた悪党だ。

ハンカチで汗を拭い、すぐに余裕たっぷりな態度で返してきた。

「小細工をしてあるから決定的な証拠にはなりえないと、自信満々だな」

ジェラルドもノートをしまい、不敵な笑みを浮かべる。

「だが、ラピスとディアンが俺のところにいることや、護衛も連れず人気のない場所に行く情報を、どうして都合よく簡単に手に入れられたのか考えてみろ」

「……」

おそらくこの瞬間、コーラルの脳裏にはレキサンドラ伯爵夫人の顔が浮かんだはずだ。

舌打ちをしかねんばかりに大きく顔を歪めた商人に、ジェラルドが追い打ちをかける。

「レキサンドラ伯爵夫妻は今頃、警備隊への収賄容疑で拘束されている。あの夫婦が貴方を庇って自白を渋ると思うか？　少しでも裁判での心証を良くしようと、積極的に共犯者について話してくれるはずだ。裏帳簿だけでは不十分でも、彼らの自白と一緒になれば信憑性が出る」

「く……あの馬鹿夫婦が！　足を引っ張りおって！」

唐突に、コーラルの声音が変わった。

まるで人格がすっかり入れ替わってしまったのではと思うほど、荒々しく怒鳴ったかと思うと、グニャリとラピスを見て嫌な笑いを浮かべる。

「ラピス。お前は私に愛されるのを諦めたなどと言っておきながら、本当に切り捨てられるはずはないと、まだ甘く見ているのだろう？　森に兵が潜んでいないのも調査済みだ。こうして訴えかければ、私が心から悔いて悪かったと頭を垂れて謝罪するとでも思ったか？　連れてきた私兵を愛娘《まなむすめ》にけしかけるなど、するはずがないとでも？」

「っ！」

ビクリと肩を震わせる娘に、コーラルはいっそう嘲るような笑い声を向けた。

彼が手で合図すると、後ろに控えていた私兵達がいっせいに剣を抜く。

いずれも体格が良く、服装こそ商会の衣装で見栄えするよう揃えてはあったが、どこか荒《すさ》んだ人相だ。報酬次第で汚い仕事も平気でする、いわゆる裏仕事ばかりしてきた人間だろう。

「この場で全員を殺して裏帳簿も回収すれば、後で逃れようはある。私にとってお前はもはや使いどころのある娘ではなく、ただのゴミだ。ゴミを処分するのに、私は躊躇いなど……グギャッ⁉」

突如、木こり小屋のガラス窓を破って飛び出してきた物体が、猛烈な勢いでコーラルの横っ面に激突した。

「な、何だ……これ？」

鼻血を噴き出して地面をのたうち回るコーラルと、その近くに落ちた物体を、私兵達は唖然として眺めている。

鈍く光る銀色の物体は、拳を握りしめた形になった、甲冑の手甲部分だ。

「落ち着け、小屋の中に誰かいるんだろう。そいつもまとめて始末すればいいだけだ」

一際体格が良く、頬に目立つ傷のある男が、他の者に声をかけた。どうやらこの男が、私兵達の頭のようだ。

「あんな狭い小屋だ。せいぜい数人……」

男が言いかけた時、小屋の扉が内側から弾け飛ぶ勢いで開いた。

そして……。

「はああ⁉」

大きな金属音を立て、怒濤《どとう》の勢いで小屋から流れ出した数十体の甲冑が、眩《まぶ》しく太陽の光を反射する。

「なっ⁉　こんな人数、どうやって入ってやがった⁉」

剣を構えているジェラルドやダンテの方に襲いかかろうとしていた私兵も、あまりの光景にそちらへ目を奪われていた。

彼らがもう少し小屋の入り口を深く覗き込める位置に来ていたら、また別の意味で驚いただろう。

小屋の入り口では、パーツごとに分けて限界まで小さくまとめてあった甲冑が、次々と凄まじい勢いで組み上がっては、まるで生きているかのごとく駆け出していたのだから。

レキサンドラ夫人を使って情報を流しても、用心深いコーラルのことだから、護衛や警備兵が潜めそうな森は事前に調査すると予想した。

そこで、ベルヴェルク城にあった大量の古い甲冑をバラバラにして箱に詰め、あらかじめ小屋に運んでおいた。

こうしておけば、もし大量の木箱が見つかったとしても、倉庫代わりに使っているとしか思われないはず。使われてしまうと困るので武器は置かなかったが、大量の甲冑はディアンとラピスが逃げる時に持ってきた飾り用ではなく、重く頑丈な本物の戦闘用だ。

これなら拳で殴られただけでもかなりのダメージを喰《く》う。

万が一にもないと思うけれど、もしもコーラルが娘に詫びて自首をするのならそれでよし。襲いかかってきたら、ディアンが全ての甲冑を動かして防ぐという計画だ。

しかし、ただ闇雲に大量の甲冑を動かしても、手練《てだ》れの私兵を相手にするのは難しい。

そこで、戦闘指揮に慣れているジェラルドとダンテが、状況を判断してディアンに指示を出すということになっていたのだが……。

「よくも……よくもラピスをいじめたな！　お前なんか、殺してやる!!」

激昂《げっこう》したディアンが叫ぶと共に甲冑達が一瞬煌めき、動きが速くなる。

そして甲冑は私兵達に襲いかかるだけでなく、地面を殴りつけたり、甲冑同士で殴り合ったりと手当たり次第に暴れ出したのだ。

「きゃぁっ！」

ルチルとラピスのすぐ傍でも甲冑同士がぶつかって、大きな音を立てる。

「こっちに来て！」

クリスタは彼女達を守るべく、急いで自分の方へ引き寄せた。

「ディアン！　落ち着いて甲冑の統率を取るんだ！」

「……許さない……許さない……ラピスを泣かせるなんて……無理やり結婚させようとする奴らなんて、俺が全部やっつけてやる……ラピスはずっと、幸せじゃなきゃいけないんだ……ラピスのためなら何でもやる……敵は全部、やっつける……殺せ……殺すんだ……」

血走った目で虚空を睨み、ブツブツと呟いているディアンには、ジェラルドの声が聞こえないらしい。

「ディアン！　やめなさい！」

ダンテも護身用の長剣をふるい、甲冑達の隙を潜り斬りかかってきた兵を逆に倒しながら叫ぶが、それにもディアンの反応はない。

虚《うつ》ろな暗い目には、地面でひぃひぃと呻いているコーラルすら映っていないようで、ただひたすら憎しみの呪詛《じゅそ》を呟いている。

その小さな身体から、次第にゆらゆらと陽炎のようなものが立ち昇り始めた。

「え……」

一瞬、ディアンの全身が額の宝石のように光ったかと思うと、足元が浮き上がるくらい強烈な振動が地面に走った。

「うおっ⁉」

「な、何だ⁉　地震か⁉」

私兵達が悲鳴を上げ、クリスタも転びそうになったが、ルチルとラピスと支え合って何とか耐える。

だが、驚くのはこれからだった。

揺れる地面のそこかしこがボコボコと隆起し、中から土にまみれた古い斧《おの》や剣に甲冑の欠片などが、次々と姿を現す。

「お、奥様……これは……」

恐怖で口もきけなくなっているラピスを抱きかかえながら、ルチルが戦慄く唇を動かした。

「大昔の武器だわ……どうしてこんなものが……」

思わず呟いたが、すぐに自分でその疑問が解けた。

ずっと昔、まだ国土が狭くベルヴェルク家が国境を守る辺境伯として活躍していた時代、この辺りでは激しい戦闘が何度も行われていたらしい。

そんな時代があったから、今では過ごしやすいように改築されたベルヴェルク城も、外観はいかにも物々しく、戦闘用の城塞だった名残を残しているのだ。

この長閑《のどか》な丘も、かつては苛烈な戦闘の場であり、そこに遺棄された武器防具がすっかり忘れ去られて地中に埋まっていたのだろう。

あたかもディアンの力で蘇った過去の亡霊のように、古びた大量の金属製の武具はふらふらと宙に浮くと、闇雲に飛び回り始めた。

「ぎゃああ！」

壊れた剣に足を突き刺された私兵が、もんどりうって丘の傾斜を転げ落ちていく。

蘇った武具は殆どが壊れ、錆《さ》びつき、土と草の根にまみれてはいるが、尖《とが》った破片の切っ先は十分に殺傷能力がありそうだ。

「ルチル、伏せて！」

クリスタは叫び、ルチルめがけて勢いよく飛んできた盾を、一緒にしゃがんで躱《かわ》す。

「ひっ！　ディ、ディアン！　もうやめて！」

ラピスがガタガタ震えながら掠れた声を絞り出したが、大騒動の中でその声はディアンに届かない。

振り向きもせず、ただ呆然と立ち尽くしている少年に、ラピスが必死の形相で駆け寄ろうとした。

その背後に、鋭い破片が飛んでいく。

「危ない！」

叫ぶよりも早くクリスタは駆け出し、ラピスにぶつかるようにして抱きかかえた。

破片が自分に突き刺さる痛みを覚悟して目を瞑ったが、なぜか一向にそれは来ない。

恐る恐る目を開けると、視界に飛び込んだ光景に息を呑んだ。

「ジェラルド様‼」

「二人とも……怪我はないか？」

苦しそうに顔を歪めるジェラルドの左肩に、鉄製の破片が深々と突き刺さっている。

破片が飛んできた瞬間、彼はクリスタと反対方向から駆け寄り、身を挺《てい》して守ってくれたのだろう。

ジェラルドの肩辺りが、みるみるうちに赤く染まっていく。

「あ、あぁ……嘘……嫌……」

冷静でなど、とてもいられなかった。

胸が苦しい。全身から冷や汗が噴き出し、呼吸が上手くできなくて、目の前がチカチカと暗く瞬く。

ガクリと膝をつき、とにかく破片を抜かねばと伸ばした手をジェラルドが握りしめた。

「クリスタ。俺は大丈夫だ、そんなに深くは刺さっていない」

額に汗を滲ませながら、ジェラルドが微笑む。

その優しい眼差しを見て、やっと息をつけた。両眼から溢れる涙は止まらないが、ほんの少しだけ、思考が落ち着いてくる。

「この場の金属は全てディアンの支配下にあり、敵味方の区別もろくについていないようだ。あの子の目を覚まさせる何かがあればいいのだが……」

ジェラルドの呟きにより、ふと頭にあるものが思い浮かんだ。

ラピスに向き直り、呆然としている彼女へ真剣に訴える。

「ディアンの心に届くのはきっと、貴女がディアンを想う声だけよ。だからお願い……貴女の持っている形見のペンダントを、ジェラルド様に貸して！」

ラピスは生後すぐに死別した母親について、直接の思い出は何もないそうだ。

でもこの数ヶ月を一緒に暮らす中で、彼女がどれほどあのペンダントを大切にしているか見ていた。

裏帳簿の隠し場所は、ラピスの母親が密かに遺した日記に書かれていたとも言っていた。

それは、いつか我が子が残忍な父親から逃れる時に少しでも助けになればと、母親が足掻《あが》いた証《あかし》では？

……いや、きっとラピスはそうだと思ったからこそ、形見のペンダントを大切にしていたのだろう。

本当に親の愛情を欠片も知らなければ、修道院に来た誘拐被害者の母親が嘆くのを見ても、心は何も感じなかったはず。

たとえ記憶には残らなくても、腹の中にいる時から、自分は確かに愛されていたと、どこかで解っていたのだ。

「は、はい……」

ラピスが金鎖を外し、ペンダントをジェラルドに渡す。

彼が怪我をしていない方の手でそれを受け取ると、微かな光がペンダントに宿った。

「……君の想いをディアンに届けると、ペンダントが言っている。君と、君の母上からとても大切にされたし、ディアンも大好きだから止めたいそうだ」

ジェラルドが手を離すと、ペンダントは地面に落ちることなく、ふわふわと宙を漂い出した。

相変わらず、周囲は空の甲冑や武具の破片が暴れ回り、私兵があちこちで絶叫を上げている。

ダンテとルチルも、それぞれ自分の身を守るのがやっとで、こちらまで来る余裕もなさそうだ。

そんな大騒ぎの中心で、放心したように立っているディアンの首に、フワリとペンダントがかかるのが見えた。

その様子はまるで、ラピスが大人になったらこうなるだろうと思うような、半透明の美しい女性が、ディアンの首にペンダントをかけたかのように見えた気がした。

「お母様……」

ラピスが小さく呟くのが聞こえたから、あれはクリスタの見間違えではないのだろう。

ペンダントをかけられた途端に、ビクリとディアンの身体が跳ねる。

彼が弾かれたようにこちらを向き、パチパチと何度か瞬きをした。

同時に、あれだけ大混乱を引き起こしていた金属達が、まるで見えない糸が切れたかのごとく、動きを止め、いっせいに大きな音を立てて地面に落ちる。

「ラピス……俺……俺……頭の中が真っ赤になって……」

頭を抱えて呻くディアンに、ラピスが駆け寄る。

「ディアン！　元に戻ってくれて良かった！」

涙交じりの声を発し、ラピスがディアンを抱きしめようとした時、不穏な影が二人を覆った。

「この……クソガキ！　妙な力を使いやがって！　この場でその首だけ落として宝石を取ってやる！」

傷だらけで目を血走らせていたのは、私兵の頭と思われる例の男だった。

他の私兵は皆、気絶したか倒れて動けないでいる中、この男だけはしぶとく残っていたらしい。

「っ‼」

ディアンが傍らに倒れている甲冑へ手を伸ばすが、力を使い切ってしまったのだろうか、甲冑はピクリとも動かない。

怪我をしているジェラルドはもちろん、クリスタが駆けつけようとしても、間に合わないだろう。

「やめて！」

果敢にもディアンを庇うように両手を広げたラピスに、私兵は苛立ちと嘲りの混じった笑い声を上げた。

「大人しく家に帰っておけば良かったのに、馬鹿な嬢ちゃんだ。犬死にだな！」

私兵が勢いよく剣を振り下ろす。

だが、鋭い刃鳴りと共に、その斬撃を受け止めた甲冑がいた。

「……は？」

攻撃を阻まれた私兵は、顎が外れそうな顔で目の前の甲冑を凝視する。

その甲冑は他よりも一回り大きく、日の光を受けて銀色に輝いていたが、何よりも違うのは、普通の人間なら両手でも抱えられないほどの大剣を構えていたことだ。

「ふんっ！」

顔をすっぽりと覆う鉄兜をつけた甲冑が、野太い気合の声を発し、私兵の剣を弾き飛ばした。

「ひぃっ！」

そのまま草むらに尻もちをついた私兵の目前に、ピタリと剣の切っ先が突きつけられた。

「今回の騒動は、そちらから仕掛けたもので、ベルヴェルク家及びその関係者は正当防衛だ。この私、ハウレス・アバティーノが警備隊の総責任者として証言する」

カチリと留め金を外して兜の面を開けたのは、ハウレスだった。

「へ？　はああ!?　な、何で騎士団長が！」

「お前はさっきから煩《うるさ》い。牢に着いたら起こしてやるから、静かにするんだ」

軽蔑を込めた目でハウレスが私兵を睨み、手甲に覆われた手刀を目にも留まらぬ速さで叩き込んだ。

首筋を強打された私兵は、泡を吹いて昏倒する。

「良かった……ハウレス様もご無事だったのですね……」

クリスタは心から安堵の息を吐いた。

「空の甲冑に、なぜか私まで敵と認定されてしまったようでしてな。小屋から出ようとしたら数体の甲冑に阻まれ、てこずってしまいました」

気絶した男の襟首を摑んで引きずりながら、ハウレスが肩を竦めてこちらへ歩いてきた。

小屋には地下室があり、彼は万全を期して、昨夜から甲冑を着込んで待機してくれていたのだ。

本来の予定では、ディアンが甲冑を動かし始めたら、ハウレスもその中に紛れて確実にコーラルを捕らえる予定だった。

「あれはさすがに、予想外だったな」

ジェラルドが肩を押さえながら、立ち上がる。

「おそらく甲冑や埋まっていた武具は、ディアンの強い殺気に反応してしまったんだ。あれらは元々、敵を殺す目的で作られたものだから、本来の役割を思い出してしまって……」

「ジェ、ジェラルド様、駄目です！　動いてはいけません！」

クリスタは慌てて彼を押し留め、改めて傷の様子を見た。

上着とシャツが裂けて、細長い破片が左肩に食い込んでいる。今のところ、命に別状はなさそうだが、錆びついて汚れた破片による怪我だ。

消毒と治療を丁寧にしなければ、毒素で破傷風を起こしかねない。

「すぐにでも応急処置をした方がいいですな。小屋から消毒薬を持ってきます」

そう言って駆け出そうとしたハウレスを、ジェラルドが呼び止めた。

「いや、俺は大丈夫だ！　それよりも、コーラルがいない！」

「っ‼」

ゾワリとうなじの毛が逆立つのを感じ、クリスタは慌てて辺りを見渡した。

もう動かなくなった金属と、重傷を負った私兵達がうずくまる中、顔面を強打されて倒れていたはずのコーラルがどこにもいない。

「ふむ。奴なら、先ほど部下を見捨てよろよろ歩いて逃げようとしましたが、大丈夫でしょう」

しかし、ハウレスは呑気な返答と共に、ニヤリと笑って片目を瞑った。

「ジェラルド殿の有能な執事くんが、すぐさまメイドさんと一緒に追いかけていきましたからな。あの二人の鬼のような迫力で追われたら、どんなに勇敢な猛者も縮み上がるでしょうな」

「ダンテさんと……ルチルも？」

急いで後ろを振り返ると、ルチルの姿も消えていた。

「ジェラルド様ーっ！　奥様ーっ！」

不意に遠くから、ルチルの声が聞こえてきた。

そちらを向くと、丘の麓の方から、ダンテとルチルが並んで坂道を登ってくる。

二人の間にはロープで縛られ顔を歪めているコーラルが見えた。

「おうっ、ぐぁっ！　い、いひゃいぃ……」

両手を細いロープでぎっちり縛られたコーラルが、ダンテ達に片方ずつ足首を持たれて、逆さに引きずられていた。

甲冑の硬い手甲で殴られた顔は、ダンテとルチルに捕まる際、さらにダメージを食らったのだろう。ボコボコに腫れ上がって傷だらけになり、目がどこにあるのかも判らない状態だ。

その状態で、石ころの多い坂道を容赦なく引きずられているのだから、きっと全身が痛くて堪らないだろう。

でも、クリスタは微塵も同情する気はない。

先ほどジェラルドが、金属達を暴走させたのはディアンの殺気だというようなことを言った。

そしてジェラルドの怪我はディアンの暴走によるものだが、そもそも彼をそこまで怒らせたのは、ラピスを傷つけたコーラルだ。

ジェラルドの怪我を見た時、絶望と共に、確かにクリスタも殺意と呼べるほどの怒りを抱いた。

彼をこんな風に傷つけた元凶を決して許すものかと、理屈も後先も考えられなくなる、恐ろしく強い感情だ。

「……コーラル様」

クリスタはつかつかと引きずられているコーラルのところへ歩み寄り、冷ややかに彼を見下ろした。

「貴方がこの先、法的にどのような処罰を与えられるのであれ、これだけは覚えていて下さい。私は、ジェラルド様に怪我を負わせた元凶の貴方を、死んでも許しません」

胸中で煮えたぎる怒りをできるだけ静かに吐露したつもりだが、自分の顔は少し変な感じに強張っていたのかもしれない。

「ひぃっ！」

コーラルは悲鳴を上げてもがいた拍子に、近くの石に頭をガンとぶつけて白目を剝く。

そのまま泡を吹いて静かになった男から眼を離すと、ダンテとルチルが唖然とした顔でこちらを凝視していた。その顔を見て、さっと頭が冷静さを取り戻した。

「ごっ、ごめんなさい。ジェラルド様が怪我をしたのが許せなくて……かっとなってしまったわ」

慌てて取り繕おうとしたが、ルチルが深々と頭を下げる方が早かった。

「この男が逃げ出そうとするのが見えて、咄嗟に追いかけてしまいました。勝手にお傍を離れて申し訳ございません」

「ルチルはあの大混乱の中で、よく頑張ってくれたわ。ねぇ、ダンテさん？」

クリスタは心からルチルを労《ねぎら》い、ダンテに同意を求めた。

実際、ここで肝心のコーラルを取り押さえられなければ、意味がなかった。

もし取り逃がしてしまえば、口の上手い彼のことだ。手持ちの財を使って、巧みにこちらの手が届かない国へ逃げてしまっただろう。

「はい。私は足首を少々痛めてしまったので、足の速い彼女が先に追いついてくれなければ、危ないところでした」

「ええっ⁉」

サラリと言ってのけたダンテの言葉に、ルチルが目を剝く。

なんだかさっきから違和感があると思っていたらそれだと、クリスタも驚きつつ、ようやく気づいた。

いつもスマートに立っているダンテが、左足を庇うように身体を傾げているのだ。

歩き方がぎこちない様子だったのは、コーラルを引きずっていたせいかと思っていたが、左足を痛めていたからだったのか。

「少しくじいただけで、さすがに骨折まではしておりませんので、どうかお気になさらず」

ダンテが平気そうな感じでそんなことを言った時、ちょうどハウレスが薬箱を手に、甲冑をガシャガシャ鳴らしてこちらへ走ってきた。

「ジェラルド様の応急手当を手伝うわ。薬箱に、ダンテさんの怪我に役立つものも入っているかもしれないから行きましょう」

クリスタはそう促したが、ダンテは首を横に振った。

「お気遣いはありがたいのですが、私の怪我は軽いものです。それよりも、またコーラルに逃げられないようにしっかり見張っていなくてはいけません」

「でも……」

ダンテは先ほどからどんどん顔色が悪くなり、額に大粒の汗が浮かんできている。

くじいた足でコーラルを走って追うなどしたから、悪化して相当な痛みを我慢しているのだろう。

「……だったら、こうしましょう！」

唐突にルチルが自分のエプロンを脱ぎ、それで気絶しているコーラルの足もグルグルとキツく縛った。

そして彼女はダンテに背を向け、少し身を屈めた。

「はい！　ダンテさん、とりあえず薬箱のところまでおぶっていきますので、乗って下さい！」

「……は？」

目を瞬かせたダンテに、ルチルが頬を紅潮させて勢いよく言った。

「私じゃ頼りないかもしれませんが、安心して下さい。こう見えて、結構力はあるんです」

ダンテは細身とはいえ長身だから、小柄なルチルとでは随分と身長差がある。

それでもルチルは、本気でおぶって歩くと言っているらしい。

「っふ……失礼しました」

思わずといった感じで、ダンテが噴き出した。

「まさかルチルに、そんなことを言われる日が来るとは思いませんでしたよ」

「私も思いませんでしたが、来たんです。ダンテさんだって大変な時はあるんですから、仕事でどうしても必要な指示を出す時以外にも、もっと甘えたらいいんですよ」

真面目な顔で答えたルチルを、ダンテは一瞬戸惑ったような顔で見たが、小さく息を吐いて彼女の肩に片手をかけた。

「さすがに私をおぶったら、ルチルが潰れて共倒れになりそうですからね。肩だけ貸して下さい」

「はいっ！」

元気よくルチルが頷く。

とても心温まる光景だったが、とにかく今はジェラルドが心配だ。

クリスタは走って彼のもとへ行き、ハウレスによる応急処置を手伝い始めた。


「――早い段階で魔法薬による徹底消毒をしたのが良かったですな。これなら、傷口が膿《う》む心配はないでしょう」

城の専属医師が、ジェラルドの診察を終えてそう言うと、クリスタは全身から一気に力が抜けるのを感じた。

「良かった……本当に……」

悲しくないのに、涙が勝手に溢れてくる。

――丘での大乱闘の後。幸いにもジェラルドの怪我は深くないと、傷口を確かめたハウレスも請け合ってくれた。

万が一に備えて、最高品質の魔法薬を用意していたのは、本当に良かったと思う。

それにハウレスが外の様子を窺いつつ、魔道具で信頼できる部下の一団とも連絡を取っていたので、迅速に警備隊がやってきてコーラルと部下を拘束し、クリスタ達も城へ送り届けてもらえた。

ちなみに、ダンテの足はかなり腫れていたため、治るまでは仕事を休むべきだと、ルチルだけでなく侍従長を始め城の全使用人から言われ、自室で休養中である。

よって城中が慌ただしくしている中、ジェラルドの寝室には医師とクリスタと……気まずそうな顔のディアンとラピスが佇《たたず》んでいた。

「っ……申し訳ございません……安心したら……」

クリスタがふらつきながらハンカチで目元を拭っていると、医師が診察に使っていた寝台脇の椅子に座るよう促してくれた。

「では、私はこれで失礼しますが、数日は安静になさっていて下さいね。……良いですね？　激しい運動などは絶対に禁止です」

寝台で上体を起こしたジェラルドに、医師は心なしか妙に力を込めて告げる。

「ああ、分かった」

「ではまた、明日の朝に様子を窺いに参ります」

一礼して医師が退室すると、静かな部屋の中に、クリスタのしゃくり上げる音だけが響く。

「クリスタ、心配してくれてありがとう」

早く泣きやまなくてはと思うのに、ジェラルドの柔らかな声に、いっそう涙が溢れてくる。

「いいえ……私がジェラルド様を案ずるのは当然です。一生お守りすると約束して秘密を明かしたのに、こんな怪我をさせてしまって……」

自分が情けない。

最善を尽くしたと思っていても、結局はジェラルドに庇われて怪我を負わせてしまった。

「この怪我はクリスタのせいではないし、いつも守ってもらっているじゃないか」

涙でぼやけた視界に、優しく目を細めるジェラルドの笑みが映った。

「正直に言うと、予想以上に、クリスタにはいつも守ってもらっている。普段の警備に対する城の改装案だけでなく、領内各所の警備や街道整備まで良い案を出してもらったおかげで、先日の視察も安全かつ迅速に済ませられた。道中で会った旅人や領民も喜んでいたよ。俺だけでなく、領民まで全て、君に守られているんだ」

「ジェラルド様……」

「それに、クリスタは護身術の腕まで最近メキメキと上げて、教師が驚くほどじゃないか。君にそこまでしてもらったら、俺だって妻一人守れない夫でいたくないのも分かるだろう？　この怪我は妻を守れた名誉の負傷だと、誇りに思わせてくれ」

少しおどけた様子でジェラルドが笑い、怪我をしていない方の手で優しくクリスタの髪を撫でる。触れられている箇所から、じんわりと温かなものが胸の奥まで広がってくる。

「はい……守って下さって、ありがとうございます」

この人と結婚できて本当に幸せだと、改めて心から思った。

「あの……」

不意に、遠慮がちな声が背後からかけられ、クリスタは慌てて涙を拭い振り向く。

硬く強張った表情のディアンが、ラピスと共に思いつめた様子でこちらに一歩、二歩と進んで歩みを止めた。

「計画をめちゃくちゃにして、ジェラルド様に怪我をさせてしまったのは、俺のせいです。謝って済むことじゃないけど……ごめんなさい」

消え入りそうな震え声で言った彼は、ラピスと視線をチラリと交わして頷く。

「俺とラピスは、ここを出ていきます。もしかしたら、またあんな風に迷惑をかけてしまうかもしれないから……今まで、ありがとうございました」

「そんな……っ！」

驚き、咄嗟にクリスタは椅子から立ち上がる。

もうコーラルの追っ手に怯える心配がないとはいえ、頼る相手もなく子ども二人だけで出ていくなんて無謀すぎる。

「奥様にはすごく良くしてもらったのに、すみません。私はディアンと一緒にいたいんです。離れるなんて考えられません」

ペコリとお辞儀をしたラピスの表情からも、彼らの決意の固さが窺える。

「……駄目だ。それは許可できない」

しかし、厳しい声でジェラルドに言われ、二人は必死な表情で反論した。

「でも、俺はあの時に全然力の制御ができなくなった。この城の人達はすごくいい人ばかりで好きだから、もし傷つけちゃったらと思うと、怖いんです！」

ディアンの泣きそうな叫びに、ジェラルドが深いため息をついた。

「確かに、ディアンの力はこのままでは危険だ」

「だから、ここを出ていくって……っ」

「知り合いでない、見ず知らずの相手なら、うっかり傷つけても良いのか？」

「え？」

「力の制御ができなくて怖いと言ったが、それならどこにいても同じだろう。むしろ、ここを出て苦しく危険な生活をするようになれば、より追い詰められてまた感情を暴走させる危険性が高まる。そうした時に、たまたま周囲にいた関係のない人間を巻き込むのは良いのかと聞いているんだ」

「っ！」

「君達が城に来た時にも話したが、どれだけ権力を持っていようと、良い人間関係を築いていようと、宝石人は必ず誰かの欲望の対象となってしまう。隠し通そうとしても、必ずどこかで見破られ……その時には大抵、大切な人まで巻き込んでしまう。ラピスが危険な目に遭ったら、ディアンはまた確実に暴走するはずだ」

悲しそうなジェラルドの指摘に、ディアンとラピスが息を呑んだ。

やはりまだ、彼らは幼い。失敗に落ち込みすぎて、短絡的な考えに走ってしまったのだろう。

「よって、騒ぎの元になりそうな相手を放り出すなど、無責任なことはできない。この城に迎えると言った時から、俺は君達の責任者になったんだ」

ふっと、険しかったジェラルドの表情が和らぎ、困ったように子ども達へ微笑みかけた。

「それに、君達が城の皆を好きだと言うように、皆も君達を好いている。急に姿を消して、どこか知らない場所で辛い目に遭っていたらと思うと、ひどく悲しむはずだぞ」

「……俺達、誰の子どもでもないのに？」

ポツリと、ディアンが呟いた。

「ああ。だいたい、ディアンとラピスだって兄妹ではないけれど、お互いが辛い目に遭うのは絶対に嫌だろう？　大切な相手に必要なのは、血の繋がりだけじゃないんだよ」

「私も、貴方達がいなくなるなんて嫌だわ」

クリスタも子ども達の前にしゃがみ込み、両手で彼らの手を片方ずつ握った。

「もし、ラピスとディアンが幸せになるために旅立つのなら、寂しいけれど祝福して送り出すつもりよ。でも、そうでないのならやめて欲しい。私は宝石人ではないけれど、ディアンが力を制御できるようになりたいのなら、全力で助けるわ」

握った手の上に、ポツポツと熱い雫が落ちてきた。

ディアンとラピスがそれぞれ、嗚咽を堪えるように歯を食いしばって俯き、静かに涙を流している。

「ありがとうございます……ジェラルド様、奥様……」

「私、もしディアンがさっきみたいになっても、今度こそ止められるように頑張ります！」

子ども達が思い留まってくれたのに安堵し、クリスタは微笑んだ。

二人が出ていくのは心配だというだけで反対しても、彼らを納得させるのは難しかったと思う。

ジェラルドがあくまでも客観的な視点から、闇雲に出ていくのは余計に被害を出しかねないと指摘し、その上で個人的にも身を案じていると伝えてくれたおかげだ。

しばらくポロポロと涙を流していた子ども達が落ち着くと、ジェラルドが咳払いをした。

「二人とも疲れただろう。もう部屋に戻って休んだ方がいい」

するとラピスとディアンは、一瞬妙な顔になった。

「えっと……じゃあ、ジェラルド様と奥様について下さる方を、誰か急いで探してきます！」と、ディアンがさっと手を挙げた。

「何でかよく解らないけど、お医者様から、ジェラルド様と奥様を二人だけにしちゃ駄目だって言われたんです。安静にしてなくちゃいけないからって」

「――っ！」

その言葉の意味するところを察し、クリスタは思わず顔を赤くする。

しかし、ジェラルドの方はガックリと肩を落とし、残念そうなため息をついた。

「せっかくクリスタに看病してもらって良い雰囲気になれると思ったのに、先手を打たれた」

小声でぼそっと呟く声が聞こえたが、どう考えても今回は医者の判断が正しい。というか、そんな下心を持つほど余裕だったのか。

「私もジェラルド様を看病したいのは山々ですが、急ぎで調べたいことがありますので、取り急ぎは交代を寄越してもらいますね」

クリスタは心を鬼にして、ニコリと微笑んだ。

「えっ!?　ク、クリスタぁ……」

「ディアン、ラピス、少しなら二人になっても大丈夫よ。侍従長に、誰か手の空いている人がいるか聞いてきてくれるかしら？」

「はい！」

「行ってきます！」

子ども達が部屋を出ていくと、クリスタはしょげかえっているジェラルドにそっと顔を寄せた。

「私だって、本当はジェラルド様に触れたいんですよ」

ドキドキしながら、彼の頬に唇をそっと触れさせる。

すぐに離してしまったが、とても緊張した。全速力で走った後のように心臓が早く脈打つ。

「クリスタ……」

唇が触れた場所を手で触れて目を丸くするジェラルドから、恥ずかしくて視線を逸らした。

「怪我に障るといけませんから……今できるのは、これくらいです」

チラリと素早く横目でジェラルドの反応を窺おうとしたら、真っ赤な色が視界に飛び込んだ。

「ジェラルド様⁉　え……鼻血⁉」

「いや、その……クリスタが可愛らしすぎてというか……」

何やらジェラルドがモゴモゴと言っていたが、彼が手で鼻と口元を覆っているので、よく聞き取れない。

とにかくハンカチを渡し、急いで医者をまた呼びに行こうとしたところで、ちょうどラピスとディアンが侍従長を連れて戻ってきた。

「失礼します。ひとまずは、私がお付き添いを……旦那様⁉」

侍従長も驚き、さらに部屋の外を通りかかったメイドまでその声を聞きつけ、騒ぎはいっそう大きくなってしまった。

そして最終的にジェラルドが『クリスタから頬に口づけしてくれたのが嬉しすぎて、鼻血が出た』と告白し、皆で大爆笑になったのだった。

8　良い知らせと悪い知らせ

あの大騒動から半月後、クリスタはウェネツィアにある、とある屋敷を訪ねていた。

薄茶色のレンガで造られた屋敷は、小ぢんまりとした趣のある邸宅だ。小さな庭もよく手入れが行き届き、祖国のアルセイユでも見かける良い香りの花が咲き誇っていた。

落ち着いた老執事に応接間へ案内してもらい、クリスタが長椅子にかけて出されたお茶を飲んでいると、扉が開いた。

「まさか、こんなに早々にあんたの顔をまた見るとは思っていなかったわ」

向かいに腰を下ろした彼女が、ツンと顎を逸らして言った。

色鮮やかな刺繍を施したウェネツィア風のドレスを着た彼女は、相変わらず華やかな美人だ。

「久しぶりね。元気にしているようで良かったわ、ステファニア」

しばらくぶりに再会した異母妹に、クリスタは微笑みかけた。

――クリスタが単身でウェネツィアをこっそり訪ねたのは、ハウレスが昔見たという文献のためだ。

ハウレスの言った通り、亡くなった学者の所持していた文献はあちこちに売りに出されたが、それらを熱心に収集して買い集めた人がいると、調査で判った。

文献を買い集めていたのは、ウェネツィアで考古学を教えている、偏屈で気難しいと有名な教授だ。

ただでさえ教授は必要以上に人付き合いを好まないそうだし、せっかく手に入れた大切な文献を、まるで面識のないクリスタがいきなり見せてくれと言っても良い顔はされそうにない。

そこでさらに教授の身辺調査をした結果、意外なことにウェネツィアの祖父母宅へ引き取られた、異母妹のステファニアに辿り着いたのだ。

以前に起きたクリスタの誘拐騒動で、彼女の母が罪人となって裁かれてから、ステファニアは祖国アルセイユの社交界で完全に居場所を失くした。

彼女は元々、容姿の良さと愛嬌で男性からの人気は高かったものの、女性には恋のライバルと敵視されがちだった。それで嫌がらせをしてきた女性の恋人を腹いせに誘惑するなどしていたため、ますます敵が多くなっていったのだ。

そこで起きたのが、クリスタがジェラルドに嫁ぐきっかけとなった一連の騒動だ。

欲に目が眩《くら》んだ母親に利用されたのも同然とはいっても、異母姉の婚約者を寝取って家から追い出した悪女なのは事実。痛烈に非難され、うっかり外にも出られない状態になってしまった。

自業自得だと、部屋に籠りきりになったステファニアに実家の使用人達が向ける目も冷たかった。それも無理はないと思う。

ステファニアはいつもわがままばかり言って、決して使用人達にとって良い態度は取っていなかったから。

そんな異母妹へ、クリスタはどうしても無関心にはなりきれなかった。

自分を裏切った元婚約者や、彼と誘拐を画策した継母については、きちんと罰が下ったからもうどうでも良い。自分の前に現れないでくれれば良いだけで、彼らのことを考える時間が勿体ないと思うくらいだ。

でも、ステファニアに対しては、複雑な想いを抱いている。

初めて会った時、彼女は『貴女がお姉様ね。私、ずっと姉妹が欲しかったから嬉しい！』と、とても可愛らしく挨拶をしてくれた。

それが本心だったのか、計算されたあざとい可愛さだったのかは判らないが、彼女が次第にクリスタを疎む母を真似て、嘲り小馬鹿にするようになっていったのは事実だ。

でも、元婚約者を奪い取られた時、本当に悲しくて辛かったけれど……クリスタだって心の奥底で、ステファニアはやはり考えの浅い馬鹿な子だと、彼女を軽視する気持ちはあったと思う。

婚約者を平気で裏切り、よりによってその妹を婚前に孕ませるような男と結婚したがるなんて、なんて不幸な道へ一直線に突き進もうとしているのだろうと、呆れていた。

だから、継母達の画策で誘拐された時、助けに来てくれたステファニアから悔しそうに『私が陰で馬鹿にされているのは知っている』と言われて、ドキリとした。

不義の子に産まれたのはステファニアのせいではない。

それを解っていて、仲良くしたいと思いつつ、彼女はあくまで継母の娘だと先に一線を引いてしまったのは自分の方ではないか……？

いつだって、ステファニアに対し良い姉として接しようとしていたが、自分の方が余裕のある上の存在なのだと見せつけたかった気持ちが完全になかったかと言われれば、自信がない。

ステファニアの視点からは、クリスタの方こそ鼻持ちならない女に見えていたのかもしれないと、あの事件から考え直すようになった。

しかし、クリスタ一人が考えを改めたところで、彼女を取り巻く全員の考えが変わるわけではない。

それならいっそ環境を変えた方が良いと、クリスタはステファニアを預ける先を探した。

そんな折に、継母がウェネツィアのシュムック男爵家から家出をした一人娘だったと判明し、ステファニアの祖父母にあたる男爵夫妻が、孫娘を引き取って躾《しつ》け直すと申し出てくれたのだ。

「もちろん、元気でやっているわよ。私の適応力を甘く見ないでもらいたいわ。お祖父様とお祖母様も……まぁ、口煩いと思う時もあるけれど、私の将来を本気で心配して色々としてくれるしね」

ステファニアは素っ気ない口調と共にツンとそっぽを向いた。よく見れば彼女の耳はうっすら赤くなっている。

クリスタもジェラルドに教えてもらって初めて知ったが、緊張したり照れ臭かったりすると、耳が赤くなるらしい。こういうところは、自分に似ていると思う。

かつては何年も同じ屋敷に住んでいたというのに、まるで気づかなかった。今になって思わぬ共通点を見つけられて、少し嬉しい。

最初から仲良くできていれば、もっと早く気づけただろうけれど、今からでも遅くない気がする。

なんだか、昔に壊してしまった大切なものの欠片を、少しずつ拾い集めて修復しているような……そんな気がするのだ。

「それより、目当てはこれでしょう？」

ステファニアは早口に言い終えると、机の脇に積んであった十数冊の古書をさっと示す。

「こんな難しい本、私にはさっぱり解らないわよ。とりあえずそれっぽいのを全部借りてきたわ。愛娘の頼みならと教授は快く貸してくれたから、あとは自分で調べてよ」

「ステファニア、ありがとう」

古書の塔を眺め、クリスタは心から礼を言った。

ステファニアはウェネツィアで大人しく過ごしつつ、何人かの令嬢に化粧やドレスの選び方を教えているそうだ。

彼女は元の容姿に恵まれていただけではなく、服選びや化粧のセンスも非常に良かった。そんなわけだから、ご令嬢達に美貌を磨く技を伝授するなど、まさに天職だろう。

そして実際、ステファニアが講師をしている美容指導の教室は、かなり好評らしい。

文献について調べていたところ、買い集めた教授の娘もステファニアから講義を受けている一人であることが判ったのだ。

まさか、こんなことでステファニアと再び繋がることができるなんて、予想もしなかった。

ステファニアにお願いしてみた結果、その娘は先生の頼みなら喜んでと、父親にコレクションを貸すように口添えしてくれたのだ。

それはステファニアが講師として立派にやっているからだろう。

それを知れたことを、クリスタは嬉しかった。

「……フン。せっかくの機会だから、アンタにもう一つくらい貸しを作っておいて損はないと思っただけよ」

ステファニアは一瞬、戸惑うように視線を彷徨わせてから、ジロリとこちらを睨む。

そんな憎まれ口を叩く異母妹の耳が、さらに赤くなっているのを見て、クリスタは口元が緩むのを堪え切れなかった。

「ちょっと、何をニヤニヤ笑っているのよ」

思わず微笑んでしまうと、ステファニアが気づいて再び睨んでくる。

ほんの一年前には、こんな風に彼女と素で話す日が来るなんて思いもしなかったから、なんだか不思議な気分だ。

「いいえ……ただ、頼もしい妹がいて助かったと思ったのよ」

クリスタもどこか気恥ずかしさを覚え、積み上げられた古書の方に視線を向けながら、早口に言った。

いきなり、何もかもを水に流して仲良し姉妹になるには、自分とステファニアの間にある溝は深すぎる。

ステファニアの方も、今までの軋轢《あつれき》を全部なかったことにして仲良くしましょう、なんて急に言われたって到底受け入れられないだろう。

それでも彼女は今やクリスタにとって、半分でも血の繋がった唯一の肉親だ。

ジェラルドが一番大切な家族には違いないが、いつか堂々とステファニアも家族だと呼べる日が来たら……。

そんな想いをひっそりと胸中で呟き、クリスタはさっそく、目当ての文献を探すべく古書を調べ始めた。


数日後、クリスタは無事に目当ての文献を写し終えて、ベルヴェルク城へと戻った。

「ジェラルド様、こんなに遅くまで待っていて下さったのですね」

クリスタはジェラルドと寝台に座り、久しぶりに会う彼を愛おしげに見つめた。

「クリスタに会いたくて堪らなかったんだ。少しでも早く帰ってくると知ったら、嬉しくてとても眠ってなどいられない」

以前、視察から戻った彼を迎えた時に自分が言ったような台詞をジェラルドに言われて、じんわりと心が温かくなる。

クリスタとて隣国に赴いていたここ数日、ジェラルドに会いたくて堪らなかったのだ。

「本当は、クリスタを一人で遠くに行かせるなどしたくなかったんだが……」

しゅんと眉を下げたジェラルドに、クリスタは微笑みかける。

「ジェラルド様は、事件の後処理に専念して下さったではありませんか」

予想通り、コーラルは捕えた後もとことん往生際が悪かった。

コーラル商会の抱えるやり手の顧問弁護士を呼び、あろうことかジェラルドとクリスタを娘の誘拐犯だと訴える始末。

ジェラルドが宝石人の絵本で子ども達を釣り、誘拐して人身売買をしているなど、レキサンドラ伯爵が広めようとしていた噂も使ってこちらに罪を全て擦りつけようとしてきた。

だが、事前に尋問されていたレキサンドラ伯爵夫妻が、とっくに誘拐はコーラルの指示だと自白していた。

しかも夫人は、例の男装カフェでお気に入りの店員を相手に喋りまくっていた際、誘拐に加担していることを匂わせるようなことまで話してしまっていたらしい。

コーラルの逮捕の現場にいたハウレスの証言もさることながら、魔道具で撮った私兵の映像や、カフェの従業員まで証言に呼ばれた結果、コーラルは有罪となった。

「コーラルの罪が立証されて安心しました。それに、あんな怪我をした直後で旅なんて、とても無理ですわ」

破片が刺さったジェラルドの姿を思い出して表情を曇らせると、不意に背中に彼の手が回って、寝台に押し倒された。

「ジェラルド様⁉　あまり無茶は……」

「心配ない。もうすっかり治った」

自分の言葉を証明するように、ジェラルドが負傷していた左腕を回してみせる。

「我ながらがっつきすぎているとは思うが、クリスタが愛しすぎて止まらない」

ジェラルドが苦笑し、顔を近づけてくる。

自然とクリスタは目を閉じ、唇が合わさった。

柔らかくて温かい唇の感触に、何とも言えない幸福感が全身に走る。

数日間とはいえ、やはりジェラルドと遠く離れているのは寂しかった。互いにやるべきことを忙しくこなしているのだからと思っても、心に隙間風が吹いているようで辛い。

それが今、しっかりと満たされていく。

何度も角度を変えて、徐々に口づけは深くなっていった。

どちらからともなく互いの背に手を回して抱き合い、夢中で舌を絡ませ合う。

熱い息を交換するように舌を絡ませ合い、口端から飲み込み切れない唾液が伝い落ちた。

「ん……ん……」

熱い舌で口腔の粘膜を擦られると、ゾクゾクと背筋が快楽に震えて甘い声が漏れる。

深い口づけを交わしながら寝衣を脱がされ、下着も剝ぎ取られた。

素肌の上をジェラルドの手が滑ると、それだけでジンと身体中が痺れるほど感じてしまう。

乳房をやわやわと愛撫され、脇腹、太腿と丁寧に撫でられていく。

「は……ぁ……」

腹の奥がキュンと戦慄き、熱い蜜が秘所から滲むのを感じる。

痛いほどに尖った胸の先端を唇で食《は》まれ、ビクビクと快感に身悶えた。

しかし、不意に大きく開かされた脚の間にジェラルドが顔を寄せ、ハッと我に返る。

「やっ、それ……」

「クリスタを思い切り乱れさせたいんだが、どうしても嫌か？」

反射的に頭を横に振るも、哀願するような顔でじっと見つめられて、言葉に詰まる。

自分はジェラルドのことが大好きで、どうしようもなく愛しているのだなと、こういう時にもたびたび思い知らされる。

彼の望みなら何でも叶えたいし、彼に望まれるのが幸せだと感じてしまうからだ。

「嫌というか……その……き、気持ち良くなりすぎてしまって……変になってしまうので……」

一体、何を言わされているのだと、羞恥で真っ赤になりながら呟くと、ジェラルドがニヤリと笑った。

「俺にしか見られない、クリスタのそういう姿がすごく可愛いんだ」

「えっ!?　ちょ……あぁっ！」

ヌルリと秘所を舐められ、鮮烈な刺激に貫かれた。

「ふっ……あ、あぁ……」

熱い舌が花弁を舐めしゃぶると、奥から蜜がとろとろ溢れ出していく。

溢れる蜜を舐め取り、プクリと膨らんだ敏感な花芯も指で弄られると、全身が燃えるように熱くなってきた。

白い肌がうっすらと赤みを帯びて上気し、しっとりと汗が滲む。

「あっ、あっ、や……」

殆ど力の入らない指をジェラルドの髪に絡め、いやいやと首を横に振るが、離してもらえない。

クチュクチュと卑猥な水音を立てて弄られる秘所が、どんどん熱を増していく。

「あっ！　ああ――っ」

体内で膨れ上がった快楽が爆《は》ぜ、クリスタは弓なりに大きく身体を反らせた。

愛液がどっと溢れ、ヒクヒクと隘路が痙攣する。

ガクガクと腰を上下させてクリスタが達すると、ジェラルドが口元を手で拭い、顔を上げた。

「気持ち良くなってくれるクリスタは、変なんかじゃない。最高に可愛いんだ」

間近に迫った彼の瞳に、トロリと惚《ほう》けた自分の顔が映っている。

「ん……そんな……私だけじゃ、恥ずかしいです……ジェラルド様も、もっと気持ち良くなって……」

絶頂の余韻でまだぼぅっとする中、ついそんなことを口走ってしまった。

もっと、彼に求められたい。

いつも気遣ってくれて優しいのは嬉しいけれど、たまには彼にも、我を忘れるくらいクリスタを求めて欲しい。

「クリスタ……じゃあ、協力してくれるか?」

ジェラルドが言い、クリスタを抱き起こした。

「え?」

彼と対面で向き合って膝に乗る形となり、ひくひくと震える膣口に、熱くて硬い先端が押しつけられる。

「クリスタが自分で挿《い》れてくれたら、最高に嬉しい」

「っ!」

思いがけぬ要求に目を剝くも、ニコニコとこちらを見つめるジェラルドに、撤回する気配はない。

「頼む」

僅かに腰を揺らされ、熱い塊が花弁の中に僅かに先端を潜り込ませたまま、グチュリと粘着質な音を立てて粘膜を擦った。

「んぁっ!」

膝立ちのまま、向かい合わせになったジェラルドの首に、必死で縋りつく。

裸の胸が密着し、また身体の中で淫らな熱が膨らみ出した。

膣壁が切なくざわめき、とろとろと愛液が秘所から溢れて肉棒を伝い落ちる。

「っふ……」

観念し、クリスタはそろそろと腰を下ろし始めた。汗と蜜に濡れた内腿が、ヒクンと震える。

「あっ、あ……ぁ、あ……」

自分から挿れるなど初めてだ。クリスタの全身から汗が滴る。

いつもと違う角度で、ゆっくりと自分を貫いていく感覚は、形容し難い快楽をもたらした。

太くて硬い屹立が蜜道を目一杯に押し広げ、鮮烈な圧迫感と強烈な愉悦に、全身の肌が粟立った。

「っは、はぁ……」

ようやく全てを呑み込めて、クリスタは息を吐く。

「すごく良い眺めだった」

汗で額に張りついた髪をジェラルドが払い、ご褒美のように顔中に口づけの雨を降らす。

「ん……」

優しい愛撫が心地よくて、フッと強張っていた身体の力が抜ける。

すると、その瞬間を見逃さないかのように、腰を掴んで下から突き上げられた。

「あああっ！」

自重がかかる分、より深くめり込んでいた雄に最奥を抉られ、クリスタは濡れた悲鳴を上げる。

「クリスタの中が良すぎて、堪え切れない。このまま動いてもいいか？」

掠れた声で懇願され、根元まで押し込まれていた雄がグチュリと膣壁を擦る。

「あっ、は、あぁっ、あんっ、あぁ！」

腰を掴んで揺さぶられ、強すぎる快楽に、クリスタは強く目を瞑って絶え間なく嬌声を零し続けた。

秘所の内側がヒクヒクと蠢き、雄を離すまいというようにいやらしく愛撫をする。

粘着質な水音を立てて激しく突き上げられ、堪らずに背を反らすと、彼の前に胸を突き出す形になってしまう。

膨らんで弾力を増した胸の先端を舌で弄られ、瞼の裏に幾度も火花が散った。

「んっ、んっ、あぁっ！」

奥を強く突かれ、クリスタは嬌声と共に何度目かの絶頂を迎える。

ヒクヒクと打ち震える膣壁は信じられないほど敏感になり、身震いするたびにまた達したような快楽が湧き出て、きりがない。

「クリスタ、俺ももう……」

ジェラルドが呟き、クリスタの腰を摑んで激しく揺さぶる。

「あっ！　あっ！　待っ……あああぁっ！」

悶えるクリスタの中でまたもや大きな快楽が爆ぜると同時に、体内の雄がビクンと震えた。

先端から熱い体液が噴き出し、快楽に下がった子宮口に浴びせられる。

「はぁ、ぁ……」

ジェラルドとしっかり抱き合い、クリスタは注がれる飛沫を受け止めた。

荒い呼吸に胸を喘がせていると、ジェラルドに優しく頬を撫でられた。

触れるだけの労《いたわ》るような柔らかい口づけが落とされる。

「クリスタ……愛している」

じんと、脳髄まで痺れるような幸福感に満たされる。

「私も……愛しています……ジェラルド様……」

これが実を結ぶかはまだ判らないが、とにかく自分には愛する夫がいて、彼にも愛してもらっている。

やたらと不安がらず、今ある幸せに感謝をしよう。

ふとそんなことを考えていると、ジェラルドと目が合った。

何となく、互いに同じことを考えたような気がして、クスッと笑い合う。

本当に、とても幸せだ。


翌日の午後、クリスタはジェラルドと共に、ハウレスを迎えていた。

今日は少し広い応接間で、ルチルとダンテ、それにラピスとディアンもテーブルに着いている。

円卓の上には、クリスタが先日にウェネツィアで文献を書き写してきたノートが積んであった。

「ふむ……おおっ！　まさに、私が見せてもらったのはこれでしたぞ！　この図を見て、はっきり思い出しました」

ノートをパラパラと捲っていたハウレスが、三冊目に目を通したところで声を上げる。

「ありましたか。良かった……」

ホッとして、クリスタは胸を撫で下ろした。

ステファニアが借りてきた文献の中に、これではないかと思うものはあったが、クリスタでは勝手に判断はできない。

そのため、男爵邸に数日滞在させてもらい、丸五日かけてあの場にあった文献を、図まで全て書き写してきたのだ。

かなり手は痛くなってしまったけれど、ステファニアが呆れ顔で差し入れてくれた湿布薬のおかげですぐに良くなったし、こうして目当てのものを写して帰ることもできた。

「そうそう。この、手首に描かれた刺青の図が印象に残っていたのですよ」

そう言ってハウレスが見せたページには、ディアンと同じように手首に奇妙な文字が彫られた図が載っている。

クリスタもその図を書き記しながら、これではないかと思っていたが、やはり正解だったらしい。

「わ！　本当にディアンの手首にあるのと、似ているわね」

ラピスが、ディアンの手首とノートの図を交互に見る。

クリスタも改めてその二つを見比べたが、ディアンの手首のものは多少歪んで色褪せているとはいえ、やはりそのページに描かれていた手首の図にとても似ている。

「ウェネツィアの民俗学に関する文献か……シュタール地方のお伽噺？」

ハウレスからノートを受け取ったジェラルドが、ふと何かに気づいたようにダンテと顔を見合わせる。

「ジェラルド様……どうかなさいましたか？」

クリスタが尋ねると、ジェラルドがこちらを向いた。

「ああ、彫られた文字は大昔の魔法使い達が使っていたもので、ウェネツィアのシュタール地方には魔法使いの末裔《まつえい》が隠れ住む里がある……と、ここに記されているだろう?」

ジェラルドが、図の下に書かれた文章を示す。

そのページの内容は、クリスタもよく覚えていた。手首の図から、これが例の文献かもと思ったのもあるけれど、随分とロマンチックで面白い内容だったのだ。

『――ウェネツィア国で一番険しいシュタール山の中には、古代の魔法使いの末裔がひっそりと暮らす隠れ里がある。錬金術を極めた彼らの里は金銀財宝で埋め尽くされ、常春の気候で穏やかに暮らし、子が産まれると一族の証として両親の名を手首に刻む――』

……といった内容だ。

ただ、さらにその下には、これらの情報はあくまでも言い伝えの域を出ず、実際に魔法使いの隠れ里が存在するのかは証明されていないとも記されていた。

「実は、俺の母は子どもの頃に大病をして、ウェネツィアのシュタール地方で数年間療養をしていたらしいんだ」

ジェラルドから同意を求めるような視線を受け、ダンテが頷いた。

「亡き大奥様は、療養時に地元の人から聞いた数々のお伽噺をお気に召していました。幼かったジェラルド様や私に、よくシュタール地方に伝わる魔法使いの話をして下さったものです」

「だが、手首に両親の名前を彫るなんていう話は初めて聞いたな。それとも、単に俺が忘れているのかもしれないが……」

ジェラルドが腕を組み、昔を思い出そうとするかのように考え込む。

「いえ。私も聞いた覚えはありません。強いて言えば似ているのは、魔法使いが両手首に特別なブレスレットをつけていて、それで人助けをするといった話くらいですね」

「私は初めて聞きました。魔法使いが本当にいるかもしれないなんて、なんだか夢がありますね」

と、ルチル。

「ううむ……そういえば、これはシュタール地方に伝わるお伽噺と関連しているのかもと、あの考古学者が話してくれましたな。なかなか痛快な物語でしたから、ディアンの出身がその地方で、単に昔話になぞらえたという説もありますな」

ハウレスが思案げに顎髭を撫で、大人達がそれぞれ考え込んでいると、不意にディアンが大きな声を上げた。

「ちょっと待った！　皆、どこかの話と間違えているんじゃないですか⁉　シュタール山の魔法使いなんて、めちゃくちゃ悪い奴じゃん！」

ディアンの隣で黙りこくっているラピスも、なんだか複雑そうな顔をしている。

「え？　ディアンとラピスも、その魔法使いのお話は知っていたの？」

意外にも、この場にいるクリスタとルチルを除いた全員が、何かしらの形ですでにシュタール地方で語られる魔法使いについて知っていたらしい。

ただ、こういうお伽噺は、言い伝えられる過程で段々と変化していくものだ。時には、元が同じとは思えないほど変わっていたり、真逆の結末になっていたりする。

クリスタも小さい頃から好きだったお伽噺があるのだが、ベルヴェルク城の図書館にあったその元とされるお話を読んでみたら、まぁまぁ救いのない悲惨な終わり方で、無言で本を閉じた。

だから、各人が聞いた物語がかなり違うのも不思議ではない。

「……コーラルの屋敷にいた頃、ラピスとよく魔法使いごっこをして遊んでいたんだよな」

ディアンが言うと、ラピスが小さく頷いた。

「私が持っていた絵本の中に、シュタール山の悪い魔法使いが、子どもを宝石に変えてしまうお話があったんです。あの山の近くでは昔から行方不明者が多かったらしくて、魔法使いの伝説も色んなものを聞きました」

「なるほど……こっちの国でいえば、首無し騎士の伝説みたいな感じでしょうか？」

「そうみたいね」

首を傾げたルチルに、クリスタは同意した。

ディアンの能力をよく思い知るきっかけになった首無し騎士事件だが、元の幽霊話にも様々なバリエーションがある。

首を捜しているだけなので邪魔をしなければ無害だとか、見つかると問答無用で首を刎《は》ね飛ばされるとか……。

「お取り込み中に、失礼いたします！」

不意に扉を叩く音と共に、侍従長の焦ったような声が届いた。

「どうかしたのか？」

ジェラルドが答えると扉が開き、額に汗を滲ませた侍従長が姿を現した。

侍従長は立場上こそ、全ての使用人を統括するダンテの部下になる。だが、使用人の中で最年長であり、仕えている期間も最も長い。

（一体、何があったのかしら……）

かなり動揺している様子の侍従長に、クリスタは不穏な気配を感じて緊張をみなぎらせる。

よほどのことがなければ、侍従長をここまで動揺させることはできないだろう。

「それが、その……火急のご用だと、国王陛下の使者がいらっしゃったのです」

「陛下の……？」

ジェラルドが呟き、皆が思わずといった様子で立ち上がるのと同時に、侍従長の後ろからスッと影のように一人の男性が歩み出てきた。

「お邪魔しまーす。急にすみません。でも、陛下に大急ぎだってせっつかれたもんですから……」

ペラペラと軽い調子で話し始めた男性は、今までクリスタが見てきたどんな人とも違う、なんだか摑みどころのない奇妙な雰囲気の人だった。

年齢はジェラルドと同じくらいだろうか。赤褐色の髪は無造作に切られ、まだ残暑の厳しい時期だというのに、薄手の服を何枚も着込んでいる。

それなりに整った顔で、ヘラヘラと悪気など全くなさそうに笑っている姿には、一見愛嬌を感じそうになるけれど、どこか胡散臭い。

反射的にクリスタが警戒したのを、さすが武人のハウレスはいち早く察したらしい。

「ご安心下さい。彼はエルッといいまして、私と同じく、陛下に仕える者に間違いありません」

「紹介ありがと、ハウレスさん。改めて、エルッ・バンデラーと申します」

そう言うとエルッはにわかに表情を改め、優雅に礼をした。

その姿は堂々としていて、王宮の使者というのが本当だと納得できるだけの気品がある。

「……さて、と」

しかし、顔を上げたエルッはすでにあの気の抜けたようなヘラヘラした顔になっており、懐から二通の封書を取り出した。

「ベルヴェルク伯、いい知らせと悪い知らせがあるんですが、どっちから聞きたいですか？」

「は？」

一瞬、ジェラルドは面食らった様子になったが、すぐに平静さを取り戻す。

「まずは、良い知らせから聞かせて下さい」

「了解しました。では、ロベール国王陛下の名において、ジェラルド・ベルヴェルク辺境伯を宝石人ディアンの正式な後見人に任命する。また、ラピス・アメティスタ・コーラルにおいてもアルセイユ国の居住を認める。二人の養育と庇護《ひご》については王家も協力を惜しまない……とのことです」

高らかに片方の書状を読み上げると、エルッはそれをジェラルドに差し出した。

立派な赤いリボンの帯を金の蠟《ろう》で留めた書状には、国王ロベールの署名がきっちりと記されているのが、隣にいるクリスタにもよく見える。

「ディアンとラピスの処遇について、国王陛下のご配慮に深く感謝しますと、お伝え下さい。また、陛下の期待に添える、立派な後見人になるように尽力すると誓います」

ジェラルドが神妙に返答をすると、エルツが満足そうにうんうんと頷く。

そして彼は、もう一つの書状をヒラヒラと振った。

「その覚悟があるのなら、こっちの悪い方の知らせを聞かせても大丈夫かな？」

「……何か、子ども達に関係があるのですか？」

不穏な台詞にジェラルドが尋ねると、エルツが苦笑した。

「王宮でもないんだし、そんな堅苦しい言葉使いをしなくてもいいですよ。あんまり真面目すぎると、ハウレスさんみたいに頭が硬くなっちゃいますし」

エルツがチラリとハウレスを見て言うと、真面目な騎士団長はたちまちギロリと睨み返した。

「お主のようにふざけた男になるよりはマシだ」

「はいはい……って、それはともかく。とっても悪いお知らせです」

エルツが大袈裟な身振りで肩を竦め、書状をバンとテーブルの上に置いた。

「コーラルがウェネツィアでの護送中に逃げました！　腹が立つことに、あちらの国内で起きたとはいえ、引き渡し中の逃亡だったので責任は両国で担うとなりましてね」

ハハッと、皮肉たっぷりな調子でエルツは笑ってから、ジェラルドとディアンを手で示した。

「そこで特別な力を使えるらしいディアンくんとベルヴェルク伯には、僕と一緒にアイツを捕まえるのに協力してもらいます！」

「はぁあ⁉」

唐突すぎる展開に、クリスタを含む全員が驚愕の声を上げた。

「あ、ちなみに有能だって評判の執事さんや奥様もご協力頂けるのなら、ぜひぜひ！　でも、国王命令ですから断るのはなしですよ」

しれっと言われ、ジェラルドもさすがに驚きで言葉が出ないようだ。

絶句している彼の横で、クリスタも頭が真っ白になっていた。

やっと捕えたコーラルにあっさり脱走されてしまったのもショックだが、まさか国王直々に宝石人の能力を使って協力するよう命令がくだされるなんて……。

ロベール国王は、まさに名君と呼ばれるに相応しい人格者だ。

ジェラルドは宝石人だと隠すために、ずっと国王にも病で仮面を被っていると嘘をついていたわけだが、それは仕方のないことだと、嘘を咎《とが》めるどころか今までの心労を労ってくれた。

だから、コーラルの逮捕にはディアンというもう一人の宝石人の存在や、ジェラルドを含め宝石人の特別な能力までも、国王には正直に話したのだ。

そのため、先ほどの『良い知らせ』のように、ジェラルドをディアンの後見人にするなどしてくれた。

そんな国王たっての命令なら、決して宝石人を罠にかけるようなものではないだろう。だが、不慣れな隣国でどこまで彼を守れるか、不安が押し寄せる。

「ジェ、ジェラルド様……」

思わずジェラルドの腕をぎゅっと握る。

すると、彼がハッとしたようにこちらを振り向き、ニコリと微笑んだ。

「どうやらまだまだ平穏は先だったらしいな。俺も全く話についていけないが、安心してくれ。君も子ども達も、何があろうと俺が必ず守る」

その言葉で、クリスタもやっと落ち着けた。

「では、ジェラルド様は私がお守りしますわ」

不安はもちろんある。それでもやることは決まっているのだと、クリスタは己を鼓舞する。

どんな手を使っても、大切な相手を必ず守り抜くのだ。

ジェラルドが軽く目を見開き、独り言のように呟いた。

「こうして何かあるたびに、クリスタにいつも惚れ直す。クリスタと出会ってから、もう数え切れないくらい恋に落ちているな」

「えっ」

顔を赤くしたクリスタの手を、ジェラルドが両手で握りしめた。

「ありがとう。君を頼りにしているし、君にも頼られるように努力する」

「ジェラルド様……」

照れ笑いをしながら、胸に温かなものが広がっていくのを感じる。

絶対に大丈夫だ。彼と……そして自分も信じよう。

番外編　星の河に願い事を

その日の夕方。ベルヴェルク城はたいそう賑やかだった。

力のある男性使用人は、城の高台に続く狭い螺旋《らせん》階段を上ってテーブルや椅子を運び、女性や子どもは広い調理場で料理の手伝いに勤しんでいる。

クリスタも夕陽が射す高台に上り、テーブルの飾りつけなど細々した指揮を執る。

今日はこの国で古くから伝わる夏の行事……星見の日なのだ。

夏のこの短い時期、よく晴れた夜にはたくさんの星が河のようになって見える。

家族や親しい人達と、年に一度その星の河を眺めながら戸外で食事を楽しみ、星の河に住む神々に願い事をするのが星見の通例行事だ。

ベルヴェルク城でも以前から、この日は主人も使用人も関係なく、高台にたくさんのテーブルを並べて皆で食事をすることになっている。

クリスタがここでの星見に参加するのは二回目だ。

だが、去年はまだ嫁いで日が浅く、ジェラルドの仮面の下も知らないで、ややぎこちなく彼と会話をしていた。

(今年はすごく楽しみだわ)

楽しい夜の予感に、クリスタは胸をときめかせた。


先日、ラピス達の情報からコーラルが誘拐犯であると判明し、近くレキサンドラ家の夜会で彼に接触するという大仕事を控えているが、クリスタはなるべく平穏を装って生活していた。

何しろ、まだコーラルが誘拐犯だと即座に糾弾する手はずが整っていない。

そのため、まだ何も聞かされていない城の皆には、王都でベルヴェルク家の名を騙った誘拐犯が出たので、犯人は調査中だが用心して欲しいとの説明に留めている。

皆は驚き、城内の見回りにもいっそう力を入れると約束してくれた。

その警備強化の打ち合わせの際、残念だが今年は星見も中止して、窓から眺めるくらいにしてはどうかという案も出たが、ジェラルドは中止しないと決めた。

城内の宿舎には使用人の子達も住んでおり、毎年の星見をとても楽しみにしている。

ただでさえ、警備強化で城内が多少なりともピリピリした雰囲気になってしまうのだから、このうえ数少ない楽しい行事まで子どもから奪いたくないというのが彼の意見だ。

クリスタも同感だったし、外に出るのならともかく、城の高台で食事をするだけならそう心配はない。

「今年も綺麗に飾りつけられているな」

不意に、執務を終えたらしいジェラルドがやってきて、声をかけられた。

「ええ。ラピスとディアンは星見が初めてだそうなので、小さい子ども達が張り切って飾りの作り方を教えていました」

色紙を切ったり貼ったりして長い輪を繋げたものや、余り毛糸で星の形に編んだ飾りは、星見に欠かせないものだ。

庭師のお爺さんが、ちょうどいい高さの木が植えられた鉢を幾つも運び込み、子ども達は木を傷めないよう慎重に飾りをくくりつけていく。

ラピスとディアンも、抱えていた秘密を吐き出せたおかげで、心の重荷が幾分か取れたようだ。小さな使用人の子達に混ざり、わいわいはしゃいで飾りつけに夢中になっている。

「……クリスタが来てから、この城は本当に明るくなった」

不意に、ジェラルドがポツリと呟いた。

「ジェラルド様……？」

「両親が亡くなった時、まだ成人もしていない俺に領主が務まるのか、不安で堪らなかった。難しくてもやるしかないとは解っていたが、毎日自分の未熟さを痛感させられる日が続いたな」

遠くに見える領地の街を眺めながら、ジェラルドが独り言のようにポツリポツリと話す。

「それでも城の皆は、素顔も見せない俺をよく支えてくれた。おかげで何とか頑張れたが、やはり両親が存命の時はもっと良かったと思う時がたびたびあったんだ……特に、両親が取り仕切っていた星見の宴には到底及ばないといつも感じた」

賑やかに飾りつけをする子ども達を眺める彼は、遠い昔の記憶を見ているようにも思えた。

「……だが去年の星見は、ここ数年とまるで違った。君が準備を的確に補佐してくれたとダンテは大喜びで、星見の当日も本当に楽しかった。まるで、昔の賑やかな城に戻ったかのように思ったくらいだ」

ジェラルドがクリスタに視線を移し、ニコリと微笑む。

「そんな……少しでもお役に立てていたのなら嬉しいです」

惜しみない賞賛が少々照れ臭く、クリスタは何とか無難な返答をした。

確かに、去年初めて参加したベルヴェルク城の星見は、驚くほどの賑やかさだった。

生家のフェルミ家でも、実母が存命の頃は使用人の家族も交えて庭で賑やかな星見の宴をしていたけれど、それも遠い昔だ。

継母が来てからは家族の星見に参加するのも許されなかったので、自分が覚えていないだけで、こんなに賑やかなものだったかと感慨深くなった。

忙しそうなダンテから、女性陣の準備の指揮を執ってもらえないかと頼まれて、少しでも役に立てるならと嬉しかったのも覚えている。

そして星見の当日、当時はまだ仮面をつけたままだったジェラルドと並んで座り、『準備に協力してくれたそうだな。おかげで素晴らしい星見になった。ありがとう』と、優しい声で感謝の言葉を告げてもらったのも……。

やがて空が段々と暗くなり、オレンジから濃紺へ、濃紺から黒へと変わっていく。

食欲をそそる良い香りの湯気を立てた料理が次々とテーブルに並べられ、酒樽《さかだる》にジュースの瓶と飲み物も申し分なく揃えられた。

ただ……これぱかりは仕方がないのだが、空模様は今一つだ。

今日は快晴で、夜にはさぞ綺麗な星の河が見えると期待していたのに、先ほどから段々と雲が立ち込め、すっかり夜空を覆い尽くしてしまった。

雨こそ降りそうにないが、雲の向こうから月がぼんやりと光を放つのが見えるくらいだ。

しかし、ここまで準備したのを、今さら中止はできない。

松明が灯《とも》され、皆が席に着いて見守る中で、ジェラルドがグラスを持って立つ。

「皆の働きのおかげで、この城は安泰だ。いつも平穏で幸せな日々が過ごせていることを、心より感謝する。星の神々の加護があらんことを！」

星見で決まりの文句で締めくくられると、いっせいに「乾杯！」と声が上がり、グラスが打ち鳴らされる。

クリスタも隣に座るジェラルドと、乾杯と言いながらグラスを合わせた。

ふとラピスとディアンがいるテーブルを見ると、同席しているダンテとルチルと楽しそうに喋っていた。

子どもらしい無邪気な横顔に、まるで自分のことのように嬉しくなる。

星見の慣習は、隣国ウェネツィアでも同じく伝わっている。

でも、ずっと一室に閉じ込められていたディアンはもちろん、用事がある時しか父親に構われなかったラピスも、家族と和気あいあいの行事とは無縁だったらしい。

だから二人は、ベルヴェルク城では皆で星見をすると聞いて、とても喜んでいた。

もし警備強化のために最初から中止になっていたらさぞ落胆していただろうし、ラピスに至っては自分の父親のせいで……と、ひどく気に病んでしまっただろう。

そんなことを考えていた時だった。

「あ！　星の河が見えてきた！」

不意に、使用人の子の一人が空を指さして叫んだ。

皆がいっせいにそちらを見ると、雲の切れ間からキラキラとした綺麗な星が見え始めている。

徐々に雲は千切れて流れていき、無数の宝石をばらまいたような星の光が夜空一面に広がる、絶好の星見日和となった。

「よーし！　また雲に隠れる前に願い事だ！」

誰かが陽気な声を上げ、次々と皆、グラスや食べ物を置いて、星空に向かって手を組む。

クリスタも天を見上げて、祈りの形に手を組んだ。

今夜の願い事は、もうずっと前から決めていた。

眩く美しい星の河を眺めながら、慣習通りに心の中で三度、願い事を唱える。

短い願い事はすぐに唱え終わり、クリスタは両手を解いた。

他の者も唱え終わったようで、周りの仲間と互いに「何を願った？」と、談笑し合っている。

星見の願い事は、ちょっと奇妙な言い伝えがある。星に願う前に話すと叶わないけれど、願った後には誰かに話した方が叶うと言われているのだ。

「俺は、ラピスとずっと一緒にいられますようにって願った！」

胸を張ったディアンの高らかな宣言が、こちらにまで届いた。

「ちょっ……ディアン！」

顔を赤くしたラピスが、何やら窘めている。素振りからするに「声が大きすぎる」とでも注意したのかもしれない。

でも、ラピスは困惑した様子ながらも嬉しそうだし、ディアンもものすごく嬉しそうな顔をしていた。

きっとラピスの願いも『ディアンと一緒にいたい』だったのではと、容易に推測できる。

「クリスタは何を願ったんだ？」

葡萄《ぶどう》酒を飲みながら微笑ましい子ども達の様子を眺めていると、ジェラルドに尋ねられた。

「あ……私は……」

願い事の内容は話した方が良いと知りつつ、気恥ずかしくなる。

少し口籠ったが、思い切って彼に伝えることにした。

「その……ジェラルド様の願いが叶いますように、です。私はもう十分すぎるくらい幸せですから……」

これ以上何か願うとすれば、最愛の人の幸福しかない。

ジェラルドは少々面食らったように目を見開いたが、すぐに満面の笑みになった。

「クリスタの願いで後押ししてもらえれば、ベルヴェルク領は安泰だな」

「え？」

「俺の願いは、城の皆や領民が平穏で幸せに暮らせますように、だ。もちろんクリスタも含めてな」

「まぁ……」

クリスタも一瞬驚きに目を見開いたが、すぐに嬉しさが込み上げ笑顔になる。

「ありがとうございます。きっと私、怖いくらい幸せになれますね」

「クリスタが傍にいてくれれば、俺も絶対にそうなれる」

ジェラルドも笑みを深め、互いに空になった相手のグラスに葡萄酒を注ぐ。

ジェラルドの額にある宝石が無数に散っているような星の河を眺め、二人で静かにグラスを鳴らした。

仮面侯爵は黒水晶の
花嫁に恋をする2
氷堂れん
原作／小桜けい
コミックスも
大好評発売中!!
FK comics

聖女を廃業したら、魔王との溺愛生活が始まりました
seijyo wo haigyou shitara maou tono dekiaiseikatsu ga hajimarimashita
Kei Kozakura
小桜けい
Illustration
吉崎ヤスミ
魔王だって
イチャイチャしたい！
フェアリーキス
NOW ON SALE
古の慣習のため、聖女のレーアは魔族の国に生け贄として差し出されることに。現れたのは凛々しい美貌の若き魔王エリク。レーアを優しくもてなし、その両親は可愛い娘が欲しかった！　と大はしゃぎ。アレ？　思っていたのと違う？　なんと魔族の国では聖女を代々魔王の妻として娶っていたのだ。婚約者となったエリクと次第に近付く距離にドキドキしっぱなし。ついに一目惚れだったと告げられて!?
フェアリーキス
ピンク
fairy kiss
Jパブリッシング　https://www.j-publishing.co.jp/fairykiss/　定価：1320円(税込)

仮面伯爵は黒水晶の花嫁に恋をする2

著者　小桜けい　Ⓒ KEI KOZAKURA

2023年8月5日　初版発行

発行人　藤居幸嗣

発行所　株式会社 J パブリッシング
〒102-0073　東京都千代田区九段北3-2-5 5F
TEL 03-3288-7907　FAX 03-3288-7880

製版　サンシン企画

印刷所　中央精版印刷株式会社

ISBN：978-4-86669-583-9
Printed in JAPAN